멍텅구리들의 자화상

멍텅구리들의 자화상

이 재 중 수필집

푸른사상

책을 내면서

어느 분이 말씀하기를 "사람이 이 세상에 태어날 때 그 뒤를 따라오는 배 한 척이 있는데 그 배에는 그 사람을 저승으로 다시 데려 갈 저승사자가 타고 있다."고 했다

사람에 따라 1년 만에 데려가는 사람도 있고 10년 만에, 혹은 70년 만에 데려가는 사람이 있는데 대개의 경우 100년을 넘는 예가 드물다고 한다.

다시 말하면 태어날 때부터 세상에 잠시 머물다가 한줌 흙으로 돌아가야 할 운명을 지니고 태어난 것이 사람인데 머무는 기간이 길어야 백년 정도라는 것이다. 백년이란 세월이 긴 것 같지만 만년설을 머리에 이고 몇 만년 몇 십 만년을 묵묵히 서 있는 대자연에 비한다면… 아니 얼마 전에 22억 광년光年이나 떨어져있는 우주공간에서 별들이 폭발하는 장면을 발견했다는 보도報道를 보고 광대무변한 우주에 비하면 얼마나 짧은 순간인가 하는 것을 새삼스럽게 실감했다.

그러나 이렇게 짧은 순간을 영원토록 살 것이라 착각하고 다른 사람을 속이고 빼앗고 그 위에 군림하면서 저 혼자 잘 먹고

잘살아보려 버둥거리고 그것도 모자라 대대손손代代孫孫 그 부富를 대물림 해주려고 애쓰는 인간들의 모습이 멍텅구리가 아니면 무엇이라고 표현해야 할까?

반면 어려운 형편에서도 남을 배려하면서 착하고 선善하게 살려는 사람들이 있다. 그러나 '멍텅구리'들은 이렇게 살아가는 이들을 오히려 우습게보고 이 사람들을 '멍텅구리'라고 생각한다. 필자는 이 멍텅구리들이 살아가는 삶의 모습과 생각하고 고뇌하는 모습 그리고 바람직한 삶의 방향들을 자화상, 에세이, 칼럼들로 묶어보았다.

또한 나라밖으로 나아가 남들이 살아가는 모습들을 살펴보고 우리들의 삶과 비교해보는 여행 체험기도 첨가해보고 싶었다.

특히 이번 에세이집에서 「아침마다 접하게 되는 화재소식」에 따른 119지킴이 이야기들을 별도의 장章으로 취급해 보았다. 도둑맞은 물건은 우리나라 안에 있지만 연기로 사라진 재산은 아주 없어져버리고 말기 때문이다.

이번에 책을 출판하기까지에는 아내 박명규의 애정 어린 배려와 힘이 컸다. 이 책을 아내에게 바치면서 감사의 마음을 함께 전하고 싶다

그리고 53년간을 변함없이 가르쳐주신 구인환 교수님과 항상 격려로 힘을 돋아주시는 조원칠 사장님, 언제나 변함없이 저를 아끼고 사랑해주시는 모든 분들께 마음으로부터의 존경과 고마움을 전해드리며 특히 바쁘신 중에도 모든 일을 도와주신 이계분씨에게 감사드린다.

끝으로 책을 출판하는데 물심양면으로 도와주신 푸른사상사 한봉숙 사장님께 감사를 드린다.

2006년 6월
저자 이재중 드림

책머리에 • 5

제1부 자화상

제2부 에세이

명텅구리들의
자화상

제3부 칼럼

제 **1** 부

자 화 상

옛날 아내, 요즘 아내

요즘 시정市井에서는 아내에 대한 평가가 두 가지로 갈리어 의견이 분분하다.

그중 하나는 '부부란 남자와 여자가 백 년을 해로하기로 혼인을 맺고 한 몸처럼 궂은 일, 좋은 일, 기쁨과 고통을 함께 하면서 평생을 살아가다가 노후에는 서로 의지하고 믿음으로 살아가는 것'이므로 별도로 아내에게 신경을 쓸 필요가 어디 있겠나? 그저 아내가 편하도록 아내 나름대로의 세계世界를 인정해 주고, 경제적으로 궁핍하지 않도록 돈을 벌어다 주며, 가장으로서의 역할을 다하면 여자는 그런 남편을 하늘처럼 믿고 의지하면서 사는 것이 아내로서의 도리가 아니냐는 것이다.

또 다른 의견은 '여성의 경제 활동이 늘어나고 보편화 되면서 경제적으로 남편에게 의지하는 비중이 줄어들고, 여성의 입지나

발언권이 강화되는데다가 남·여가 자유롭게 접촉하는 기회가 빈번한 개방사회이니만큼, 아내도 지키지 않으면 내 아내라고 안심하기가 어렵다.' 그러니 "자나 깨나 아내 조심, 자는 아내도 다시 보자"는 것이다.

옛날에는 모든 제도나 관습이 여자에게 불리하게 되어 있었다. 그 대표적인 것으로 칠거지악七去之惡을 들 수 있는데, 지금 말로 하면 합리적인 이혼사유라는 뜻이다.

이런 좋지 않은 제도는 2천 5백여년전 공자孔子의 입에서 나왔다고 한다. 『공자가어孔子家語』에 보면 부도婦道를 밝힌 「본명해편本命解篇」이 있다. 칠거지악도 그중 하나다. 즉 시부모를 잘 섬기지 않거나, 자식을 낳지 못하거나, 부정不貞한 행위를 했거나, 못된 병을 가졌을 때, 또는 말이 많을 때, 남의 물건을 훔쳤을 때에는 모두 이혼 사유가 되는 것이다.

또한 여인들이 시집살이를 시작하게 되면 귀머거리 3년, 벙어리 3년, 장님 3년으로 지내라는 말이 있다. 시댁 일에 대해서 듣지도 말고, 말하지도 말고, 보지도 말아야 집안이 편안하고 본인도 편하다는 뜻일 게다.

지난 날 우리 여인네들은 남성우위의 이런 일방적인 가르침을 숙명처럼 받아들이면서 순종하는 것을 미덕美德으로 알고 살아 왔던 것이다.

게다가 여인들에게는 경제적인 힘이나 활동 방편도 별로 없었기 때문에 시집가기 전에는 아버지 슬하에 매어 살고, 출가하게 되면 남편에게 매어 살고, 늙어서는 자식에게 의지해 살아야 했다고 한다. 남편이 무슨 짓을 하던 간에 참는 수밖에 없었고, 아기를 출산한 후에는 모성 본능으로 자식들에게 모든 정성을 기울이면서 사는 것이 현모양처로 평가받던 시절이 있었다.

그 시절의 여인들은 경제적인 뒷받침을 해 주고, 나름대로 자기 세계를 가질 수 있도록 해주면 그것으로 만족하면서 살아가는 '옛날 아내'였다.

그러나 조선시대의 철학적 기초로 기둥 역할을 해왔던 유교 사상이 퇴조하고, 또 사회의 산업화가 급격히 진행되면서 여성들의 경제활동의 기회와 영역이 늘어나면서 여성들의 지위 향상과 사회 참여를 통해 그 능력을 인정받게 된 것이다. 일반 직장은 물론이고 정계, 법조계를 비롯한 공기업에서 NGO 단체에 이르기까지 여성들이 보여주는 활약상은 변해가는 세월의 흐름을 실감하게 한다.

그들이 보여주는 리더십과 야무진 일처리는 혀를 내두를 지경이다. 심지어 몇몇 여성 학자들은 빠르면 10년, 20년 안에 한국에서 여성 대통령이 나올 것이라고 낙관하면서 이제까지 남성들이 담당해 오던 정치계의 비도덕성과 부정부패의 고리를 끊기 위해서 정치를 여성에게 맡겨보라고 큰소리 치고 있다.

이런 와중에서 여성은 이제 더 이상 남성에게 예속되어 인내와 순종을 미덕으로 알고 살아가지 않는다. 그들 자신의 인생과 행복을 추구하기 위해서 살아가려는 것이다. 이것을 증명이라도 하듯 이혼율은 무려 47%에 달하며 호주제 폐지에 대해서도 별

다른 이의를 달지 않는 사회가 되었다. 이와같은 시대를 살아가고 있는 것이 바로 '요즘 아내'인 것이다.

그러므로 '요즘 아내'는 지키지 않으면 내 아내가 아닐 수도 있다. 돈이나 벌어다 주고, 내 역할을 다했다고 생각하거나, 결혼식을 하고, 호적에 등재까지 했는데 설마 무슨 일이 있겠느냐고 안일하게 생각했다가는 큰 오산일 수도 있다는 말이다. 아내를 지키는 일은 항상 아내에게 관심을 가지는 것이다. 어디 아픈 곳은 없는지? 어려움은 없는지? 고민하고 있는 일은 없는지? 인생에 대해서 갑자기 회의를 느끼는 일은 없는지?… 를 살펴서 그녀의 옆에는 언제나 같이 고민하고, 걱정하고, 해결해 줄 수 있는 '내'가 있다는 것을 알려주어야 한다. 그리고 아내의 생일날, '나이 숫자' 만큼의 장미꽃은 못 보내 주더라도 아내의 손을 잡고 "여보, 당신의 생일을 진심으로 축하해요" 하고, 자장면 한 그릇이라도 같이 먹어보라 !
이것이 아내를 지켜내는 길이고 또한 당신이 아내로부터 존경받는 남편이 되는 길이다.

내가 너를 어떻게 길렀는데

김 여사는 올해 72세다. 35년 전 홀로 되서 그 동안 살아남기 위해 궂은 일, 힘든 일을 마다하지 않고 안 해본 일없이 다 하면서 살아왔다. 그 결과로 살고 있는 집 한 채도 마련했고, 어린 남매를 잘 길러서 일류 대학까지 졸업시켰다.

그 아들은 이름만 대면 알만한 대기업의 중견간부로 일하고 있고, 딸은 어느 종합병원 과장인 의사의 부인이 됐다. 며느리는 고등학교 교사로 근무하고 있다.

김 여사는 아들이 결혼해서 첫 손자를 낳자 하던 일을 접고, 가정에 들어앉아 출근하는 며느리를 대신해 손자를 돌보면서 집안 살림에 전념했다. 곧 이어서 손녀가 태어나자 어린 손자와 손녀에게 모든 정을 주고, 그 어린 것들이 자라나는 모습을 보면서 "행복이란 바로 이런 것이구나" 하고 느꼈다.

그러나 요즘 들어 김 여사는 '자신이 고독하다'고 느끼기 시작했다. 저녁식사가 끝나고 나면 아들 내외는 그들대로, 또 이제 중학생이 된 손주들은 '숙제를 하거나 컴퓨터를 한다'고 각기 자기 방으로 들어가서 방문을 꼭 닫아버리면 거실에 혼자 남아있는 자신을 발견하고는 외로움이 밀물처럼 몰려오는 것을 느끼게 된다.

그런 김 여사가 결정적으로 마음에 깊은 상처를 받게 된 것은 애완견으로 기르는 '뽀삐' 사건이 있던 날부터였다.

여름방학이 시작된지 며칠이 지난 어느 날이었다. 아들이 그녀의 방으로 들어오더니 "모처럼 어미와 아이들이 방학을 맞았으니 며칠 간 외국여행을 갔다 왔으면 한다."고 의논인지 통고인지 모를 말로 양해를 구했다. 그 말을 듣고 그녀는 "집 걱정일랑 말고 몸 조심히 잘 다녀오라"고 하면서 어렵게 자란 아들이 식솔들과 같이 해외여행 길에 나서는 것을 대견스럽게까지 생각했다.

해외여행을 떠나는 날, 며느리는 "뽀삐 굶기지 마시고 제 때에 밥 좀 잘 주시라"고 애완견을 특별히 부탁하고 집을 나섰다.

며칠 후, 그들이 여행을 마치고 돌아오는 날이었다. 초인종 소리에 문을 열어 주었더니 "다녀왔습니다" 하면서 꾸뻑 인사를 하고 들어오는데, 뽀삐가 꼬리를 흔들면서 반갑다고 달려 나오더니 "낑낑" 거리며 앞 발을 들고 그들에게 기어올랐다. 그러자 며느리도 뽀삐를 끌어 안고 얼굴을 비비면서 "뽀삐야 그 동안 잘 있었어? 배는 안 고팠고?" 하면서 "그 동안 보고 싶었다."

며 눈물까지 글썽이더니 자기에게는 말 한마디 건네지 않고, 자기들 방으로 뿔뿔이 들어가 문을 닫아버렸다. 그 순간 그녀는 온 몸이 무너져 내리는 듯한 느낌을 받았다. "나는 개만도 못해! 내가 너를 어떻게 길렀는데……"

얼마 전 일이었다. 금년에 다섯 살로 유치원에 다니는 손녀에게서 전화가 걸려왔다. "할아버지, 동화책 사주세요." 느닷없는 말에, "무슨 동화책인데?" 하고 물었더니 "저기요, 명작동화집하고요. 창작동화집하고요. 전래동화집이요." 책을 읽겠다는 손녀의 부탁을 기특하게 생각하고 어린이용 서적을 전문으로 취급하는 <B 문고>를 찾아갔더니 "A 출판사에서 나오는 100권짜리 한 질에 백 몇 십 만원 하는데 찾는 사람이 많아 2, 3일 정도 기다리시면 택배로 배달해 드린다."는 말을 들었다.

내심 "요즘 같은 불황에 이런 일도 있구나" 하고 새삼 놀라움을 금치 못하면서 그 중에서 창작동화집 30여권만 골라서 30몇 만원을 카드를 긁어 지불하고 돌아온 적이 있다.

나중에 젊은 엄마들에게 들은 이야기인데 "그것은 기본"이라고 했다. 여기에다 유치원 수업료가 한 달에 50만원 넘는 것에서부터 10여 만원 하는 곳까지 다양하게 있는데 자녀가 어느 유치원에를 다니느냐에 따라 엄마들이 신분상의 우월감을 느끼고 그들에게는 부러움과 시새움이 따른다고 한다.

이런 현실 속에서 두 명의 자녀를 조금 괜찮다는 유치원에 보내고 책 같은 것을 사주게 되면 한 달에 100여 만원 이상을 교육비로 지출해야한다는 것이다.

또 이들이 초등학교에 진학하게 되면, 속셈학원, 미술학원, 피아노, 태권도 등등 적지 않은 사교육비가 들어가게 되고, 중·고등학교를 거쳐 대학을 졸업할 때쯤 되면 대부분의 부모들은 허리 한 번 제대로 펴볼 사이 없이 사오정(45세가 사실상 정년이라는 뜻), 오륙도(56세까지 퇴직하지 않고 직장에 붙어있으면 도둑이라는 뜻)를 맞게 되는데, 노후생활에 대한 대비는 거의가 없는 실정이다.

그러나 그렇게 공을 들여 길러놓은 자녀들은 그들 나름대로 자신들의 자녀들 때문에 부모에 대해서는 제대로 신경을 쓸 형편이 되지 못한다. 그때 가서 생활고와 외로움에 지칠 때 그들의 입에서는 "내가 너를 어떻게 길렀는데…" 하는 서운함과 탄식의 소리가 나오게 된다.

그러나 어떤 경우라도 "내가 너를 어떻게 길렀는데…" 하는 탄식의 소리만은 입 밖에 내지 말아야 한다. 가을에 떨어져서 다음 해에 돋아날 새싹을 위해 기꺼이 영양분으로 변하는 낙엽은 결코 탄식의 소리를 내지 않는다. 그런가 하면 애초부터 균형있는 생활로 나를 위한 삶을 살았고 노후생활에 대한 대비가 되어 있는 사람도 또한 탄식의 소리를 하지 않는다.

위의 두 가지 삶 중에서 어떤 형태의 삶을 사느냐? 하는 것은 전적으로 각자가 선택할 몫이다. 그러나 어떤 경우에도 "내가 너를 어떻게 길렀는데……" 하는 탄식만은 하지 말자.

 # 죽을 때는 손을 펴고 간다는데

요즘처럼 "밤새 안녕히 주무셨습니까?"라는 인사말이 그렇게 실감나게 들릴 수가 없다. 세상 사람들이 보기에 그들 나름대로 성취욕구도 어느 정도 충족시켜 왔고, 명예와 부富도 쌓아 왔으며 역사 발전의 한 축을 담당해 왔노라고 자부하던 사회 지도급 인사들과 얼마 전까지 불량만두를 만들어 팔았던 사장이 연이어 빌딩에서 뛰어 내리고, 한강 물에 몸을 던져 귀중한 목숨들을 스스로 끊어 버리는 모습들을 바라보면서 착잡한 연민의 정을 금할 길이 없다.

"도대체 왜 그랬을까?" "이 세상에서 가장 소중한 자기 목숨을 스스로 끊어 버리는 수밖에는 다른 도리가 없었을까?" 그러나 그것은 오직 본인만이 아는 일이겠지만 그 고민과 번민이 얼마나 컸을까?

우리는 이런 일련의 사태를 보면서 도대체 '참된 성공적인 삶'이란 무엇일까? 그리고 '삶의 가치와 기준을 어디에 두어야 할 것인가?'를 곰곰이 생각해보지 않을 수 없다. 그런 뜻에서 근래 지면紙面에 게재되었던 우리들 삶의 모습 3가지를 소개해본다.

(1) 5녀 1남 중 맏딸이 지난 70년, 퇴직금으로 서울 잠원동에 65평짜리 자투리땅을 구입해서 아버지 명의로 등기했다가 바로 밑 여동생의 남편 명의로 등기를 바꾼 뒤 73년 미국으로 이민을 떠났다.

이후 땅은 관리하던 아버지가 82년 세상을 떠나자 여동생 부부는 84년, 땅은 팔지도 않은 채 "언니 땅을 팔았다"며 1,000만 원을 어머니에게 맡긴 뒤 땅을 가로챘다. 당시 이 땅은 강남 개발붐을 타고 값이 껑충 뛰어 3억여 원을 웃돌았다.

88년 귀국해서 이 사실을 알게 된 맏딸은 형제 중 셋째인 남동생에게 도움을 요청, 여동생에게 2천만 원을 주고 땅을 돌려받았다. 맏딸은 이어 땅을 남동생 명의로 이전하고는 미국으로 떠났다. 그러나 땅값이 계속 치솟자 이번엔 남동생이 이 땅을 몰래 팔아 16억 7천여 만 원을 챙겼다.

믿는 도끼에 발등을 찍힌 맏딸은 남동생을 상대로 소유권 확인 소송을 내 1심에서는 패소했으나 2심과 대법원에서 잇따라 이겨 땅 판 돈을 되찾게 되었다. 그러나 남동생의 탐욕은 이 과정에서도 멈추지 않았다. 남동생은 항소심 단계에서 "땅은 큰

딸의 것"이라고 증언했던 노모를 자신의 처제를 시켜 위증죄로 검찰에 고소하게 했고, 몰래 벌금 명령을 받아내 어머니를 전과자로 만들었다. 남동생은 이를 근거로 "항소심은 어머니의 위증에 의한 것이므로 잘못됐다."며 대법원 판결 후 재심을 신청했다

(2) 서울 북부지검 형사3부는 남편을 알코올 중독 증세가 있는 정신병자인 것처럼 꾸며 병원에 입원시키고 남편 명의의 재산을 가로채려 한 혐의로 송모(여, 40)씨를 구속 기소했다. 송씨는 지난 2002년 12월 2일, 만취해 잠이 든 남편을 바라보다 "남편을 정신병원에 넣어 자유롭게 살아보자"란 생각을 했고, 사설 응급환자 이송단에 "남편이 알코올 중독에 정신병까지 앓고 있다"고 전화를 해 강제로 입원시켰다.

송씨는 남편을 입원시키기 위해 초등학생 딸에게 "아버지가 술만 먹고 우리를 때린다."는 거짓 진술서를 쓰게 했고, 주변 사람들에게 돈을 쥐어주며 "김씨는 술만 먹으면 불안하기 때문에 병원 치료를 받아야 한다."는 내용의 진정서에 서명하도록 했다.

(3) 2대에 걸쳐 아픈 형제·자매에게 자신의 간과 신장을 나누어준 정겨운 가족이 있어 화제다.

한정분(여, 56)씨는 지난 2002년 12월, 병원에서 B형 간염 진단을 받은 후 치료 도중 간경화로 진행돼 위독한 상태에까지 이르렀다가 동생 정순(여, 52)씨의 간 기증으로 건강을 되찾았다.

언니에게 간을 기증한 정순씨의 아들 3명 가운데 맏형인 재홍(28)씨도 지난 2001년 3월, 당시 만성신부전을 앓던 막내 재영(23)씨에게 신장을 기증했었다. 형의 신장을 이식받은 재영씨는 지금 건강한 몸으로 직장 생활을 하고 있다고 한다. 정순씨는 "두 아들이 서로 자신이 신체 일부를 나누는 형제애를 보고 위독한 언니에게 간을 주기로 결심했다"며 "언니가 건강을 되찾으니 자매간의 정이 더욱 깊어지는 것 같다"고 말했고 동생의 간을 이식받아 건강을 되찾은 언니 정분씨는 "동생과 의료진들이 고맙고, 앞으로 더욱 남다른 인생을 살아가고 싶다"며 눈물을 보였다.

위의 3가지 모습은 우리에게 여러 가지를 생각하게 한다. (1)과 (2)의 예에서는 돈 때문에 사람이 어디까지 추잡할 수 있나 하는 것을 보여주는 것 같다.

반면에 (3)의 예에서, 잘못하면 이식 수술 도중에 생명까지 잃을 수 있는 위험을 무릅 쓰고 형제·자매간에 신체의 일부를 나누어 주면서 살아가는 모습은 위대한 인간승리의 한 단면을 보는 것 같아 가슴이 뭉클하다.

물론 돈이라는 것은 사람이 살아가는데 있어서 꼭 필요한 필요조건이다. 그러나 충분조건은 아닌 것이다. 돈이란 사람이 세워 놓은 목표를 달성하기 위하여 필요한 수단에 불과할 뿐이다. 그런데 이 세상에는 '돈' 그 자체가 바로 목표인 줄로 착각하고 사는 사람들이 의외로 많다는 것이 오늘날 우리의 현실이다. 더욱이 돈을 버는 방법에 있어서도 사회나 타인에게 기여하는 정당한 방법이 아니라 수단 방법을 가리지 않고 돈을 많이 긁어 모으는 사람을 잘난(?) 사람처럼 선망하고 대접을 해오던 것이 이제까지의 잘못된 관행이었다.

이런 잘못된 관행에 섞어 별 생각 없이 했던 부정이 드러나는 순간, 한 사람이 일생동안 쌓아왔던 명예와 모든 것들이 일순간에 무너지는 모습들을 우리는 허다하게 보고 있는 것이다.

"사람이 태어날 때는 주먹을 꼭 쥐고 태어나지만 죽을 때는 손을 펴고 죽는다."고 한다. 아마도 이것은 "태어날 때, 이 세상 모든 것을 움켜쥐고 그의 뜻을 펴 보겠다고 하던 것이 죽을 때는 그동안 이루어온 모든 것을 그대로 남겨 두고 간다."는 뜻이라고도 생각한다. 혹자는 모아 놓은 재산, 명예, 사랑, 후손들에게 사표가 되는 존경을 남겨 놓은 사람도 있지만 반대로 증오와 분노와 빚더미를 남겨놓고 가는 사람도 있다. 당신은 무엇을 남기겠는가?

'꿀꿀이 죽'의 추억

얼마 전 TV를 비롯한 언론 매체들이 소위 '꿀꿀이 죽' 파동으로 열을 내서 들끓은 적이 있었다.

내용인즉 어느 어린이집 원장이 원아院兒들에게 제공하는 식사로 음식 찌꺼기들을 모아다 끓여서 먹였다는 것이다. 그 결과 어린이들이 배탈이 나고 피부병까지 발생했다면서 TV 화면에 아이들에게 먹였다는 음식물과, 피부병을 앓는 어린이의 환부를 클로즈업 시켜 보여주는가 하면, 어린이집 앞에서 흥분해 주먹을 흔들며 항의하는 어머니들의 모습도 보여주었다. 어린이집 원장이라는 사람이 "모든 것을 끓여 먹였기 때문에 괜찮을 줄 알았다."면서 건물 안으로 몰려드는 어머니들과 보도진들을 사설 경호원들로 하여금 제지하는 장면을 끝으로 어떻게 마무리 되었는지는 모르겠으나 언론 매체에서 사라져 버렸고 국민들의 뇌리에서는 묻혀 버리고 말았다.

그 장면을 보면서 어느새 우리가 진짜 '꿀꿀이 죽'을 먹고 살던 어려웠던 시절로 돌아가 있는 나 자신을 발견했다. 1950년대 초, 참혹했던 6·25 전쟁이 끝나갈 무렵, 그때 모든 것은 전쟁으로 파괴되었고 먹고 살길이 없었다. 굶어 죽지 않고 살아남기 위해 국제사회에서 구호양곡으로 제공해주는 사료용 수수를 배급받아다 끓여 먹고 살았다. 운이 좋으면 호밀죽이나 밀기우리로 만든 개떡을 얻어먹었다. 양조장에서 막걸리를 걸러내고 찌꺼기로 남은 재강을 얻어다 먹고는 얼굴이 벌겋게 달아서 비틀거리며 학교를 가는 모습들도 흔히 볼 수 있었다.

그래서 많은 사람들이 영양실조로 고생했고 결핵으로 죽어갔다. 이런 와중에서 영양을 보충할 수 있는 유일한 길이 있었으니 그게 바로 '꿀꿀이 죽'이었다. 미군부대에서 미군들이 식사하고 남아서 버린 잔반을 일부 약삭빠른 사람들이 부대 밖으로 빼내 왔다. 이것을 노점상들이 사다가 시장통이나 길거리에 앉아서 들통에 넣고 물을 부은 후 풍로에 올려놓아 부글부글 끓이며 한 그릇씩 퍼서 팔았는데, 걸죽한 죽속에는 식빵부스러기, 버터나 치즈조각, 샐러드 찌꺼기, 콩 삶은 것, 재수가 좋으면 햄 같은 고깃덩어리도 들어 있어서 싼값에 영양을 보충하는데는 이를 데 없이 좋은 방법이었다. 정신없이 먹다보면 담배꽁초를 씹는 경우도 왕왕 있었다.

그때 40대 후반기였던 어머니가 막내를 출산했다. 먹는 것이 부실하기 짝이 없으니 아기에게 먹일 젖이 나오기는커녕 영양실조로 여위여만 갔다. 젖을 얻어먹지 못한 아기도 쇄약해져만 갔는데, 우유 같은 것을 먹인다는 것은 생각조차 할 수 없는 시절이었다.

할 수 없이 시장통 꿀꿀이 죽통 앞에 쪼그리고 앉아 꼬깃꼬깃 소중하게 꿍쳐 두었던 돈을 내주고 꿀꿀이 죽을 한 그릇씩 드셨다. 유난히도 비위가 약한 어머니가 살아남기 위해 그리고 아기를 위해 역겨움을 참아가며 꿀꿀이 죽을 드시던 모습이 지금도 눈에 선하면서 아픈 추억으로 가슴에 응어리져 있다.

소위 기성세대로 폄하되는 우리의 어른들이 이런 역경을 딛고 일어서서 지금 우리가 살고 있는 풍요로운 사회를 건설했다. 추운 겨울이면 따뜻한 난방이 되고 여름에는 시원한 냉방을 할 수 있는 시설이 있으며, 집집마다(어느 집은 가족 구성원마다) 자가용을 굴리고 인터넷으로 현대 문명사회를 구가하는 이 풍요로움이 처음부터 그냥 존재하고 있었던 것이 아니다. 이것은 우리들 윗대代의 피와 땀과 눈물로 이루어진 것이다.

지금 기성세대가 걱정하는 것은 어느 날 갑자기 참화가 닥쳐서(인위적인 것이든 자연 재해로 인한 것이든 간에) 과거의 어둡고 어려웠던 시절이 다시 닥친다면 온실 속에서 고생 모르고 자라난 우리의 후손들이 어떻게 적응할 수 있겠나? 하는 것이다.

그래도 살 맛 나는 세상

지난 7월 16일 오후. 어느 행사에 참석했던 우리 부부가 귀가하는 도중에 아파트로 접어드는 갈림길로 우회전 했는데 바로 앞에 횡단보도가 있었고 마침 신호에 따라 길을 건너는 사람이 있었다. 당연히 우리는 횡단보도 앞에 차를 세웠다.

그 순간 "꽝" 하고 뒤에서 요란한 소리가 나는 것과 동시에 차체가 심하게 흔들렸다. 직감적으로 '사고가 났다'고 생각하면서 차문을 열고 나가보니 몸집이 큰 지프차가 내 차 뒤를 들이받고 서있었다. "어떻게 운전을 했길래 이럴 수가 있느냐?"고 상대편 운전자에게 힐난조로 물었더니 차문을 열고 나온 젊은 사람이 "변명 같지만 직진해 오는 차에 신경을 쓰느라고 내차를 미처 보지 못해 뒤를 받게 되었다."면서 "저도 같은 아파트 단지에 사는데 100% 제 과실을 인정하고 보험으로 처리하겠다"

고 했다.

졸지에 사고를 당하고 나니 경황이 없어 무엇을 어떻게 처리해야 할지 막연하기만 했다. 답답한 나머지 내가 종합보험에 가입한 H 보험사에 전화를 하니 "가해자냐? 피해자냐?"고 물었다. 피해자라고 대답했더니 "그러면 신고를 하실 필요가 없습니다" 하고 전화를 끊어버렸다. 생각 끝에 개인적인 친분관계로 보험에 가입하게 된 보험설계사에게 전화를 했더니 그 역시 가해 차량인지 피해 차량인지를 묻고는 "신고할 필요가 없다"면서 전화를 끊었다.

하는 수 없어 상대편 운전자의 주민등록증과 연락처에 차량번호를 적어 달라고 한 뒤에 나의 핸드폰 번호가 적힌 명함을 건네주고 보험사에 접보해줄 것을 부탁한 뒤에 그를 돌려보냈다.

그러나 그 사고로 인해서 아내가 "머리가 몹시 아프다"면서 목과 허리를 제대로 못썼다. 나 역시 목과 허리가 아파서 월피동 D 병원 응급실로 찾아 간 것이 그길로 입원을 하게 돼서 아내가 22일, 내가 2주 동안 입원진료를 받았다. 나는 9월중에 출판해야 할 책의 마무리 작업을 위해서 완쾌돼지 못한 몸으로 서둘러 퇴원했고, 아내는 병원 생활이 답답하고 편치 않아서 뒤따라 퇴원해서 통원 치료를 받고 있지만 매일 다친 부위의 아픔과 고통을 호소하고 있다.

그런데 더욱 아팠던 것은 마음의 상처였다. 적지 않은 기간동안 병원 생활을 해오면서 같은 아파트 단지에 사는 이웃이라고 해서 좋게 마무리를 지으려고 했었는데 아무리 보험으로 처리를 한다지만, 또 바쁜 몸으로 찾아오는 것까지는 바라지도 않지만 "몸은 많이 다치지 않았느냐? 빨리 쾌차하기를 바란다." 정도의 전화 한 통화 없는 가해자의 처사가 못내 섭섭하면서 이린 오늘의 세태가 안타깝고 더욱 마음을 아프게 했다.

어느 보험 전문가 말에 의하면 무보험 차량이나 종합보험에 가입하지 않고 '책임보험'에만 가입한 후 운행되는 차량들이 40%가 넘을 것이라고 한다. 이런 차량들에 의해 사고를 당했을 때는 대책이 막연할 때도 많다고 했다. 그리고 현장에서는 자기가 "100% 잘못했다"고 시인해 놓고 그 말을 번복해서 쌍방 과실로 처리되어 억울함을 당하는 사례가 허다하다고 한다. 보험의 참 목적이 '어려움을 당한 사람의 고통을 덜어 주기 위한 것'이라면 가해자냐? 피해자냐?를 물어 가면서 자기의 이익만을 챙기기에 급급할 것이 아니라 사고 신고를 받은 보험회사는 사고 수습에 전문적인 지식을 가진 직원을 즉시 현장에 보내서 자사 가입자들의 어려움을 도와주고, 불이익을 당하지 않게 보호해 주는 자세로 거듭나야 할 것 같다.

그러나 이번 사고를 계기로 부정적인 면보다는 따뜻한 이웃의 인정을 가슴 속에 간직하게 된 것을 값진 선물로 생각한다.

사고 발생 후 나를 도와주던 몇몇 사람들에게 "내가 교통사고 당했다는 것을 절대로 말하지 말아 달라"고 신신 당부했다. 그 이유는 '차량사고에 의한 충격과 후유증이 얼마나 심각한 것인지를 미처 생각 못하고 어디 부러지거나 상처난 곳이 없으니 며칠이면 퇴원이 가능할텐데 공연히 큰일이나 난 것처럼 호들갑을 떨어서 여러분이 문병을 오게되는 번거로움을 끼치지 말아야겠다는 것과 바쁜 스케줄이나 사정에 의해서 못 오시는 분께 정신적 부담감을 드리지 말자'는 생각에서였다

그러나 그런 외형적인 것보다 진짜 이유가 '그 사람은 꼭 올 사람'이라고 생각했던 사람이 안 왔을 때 느낄 실망감을 감당하기 어려울 것 같아 그런 것은 아니었을까 하는 생각도 들었다.

그러나 입원 기간이 길어지면서 소문이 새나가서 평소 존경하던 여러 어른들과 나를 아껴주는 많은 분들이 바쁘신 시간을 내어 문병을 오신데 대해 죄송스러운 마음을 금치 못했다. 그래서 "많이 다쳤느냐?" "어느 병원에 있느냐?"고 전화를 주시는 분들께는 고맙다는 말과 더불어 "벌써 퇴원했다"고 했다.

하루는 안산 지역사회의 여성 지도자이고 대부도에서 음식점을 경영하는 Y여사에게서 전화가 걸려와 안부를 묻기에 역시 퇴원했다고 말했다. 가끔 대부도쪽으로 모셔야할 손님이 계실 때에 몇 번 Y여사의 음식점을 이용했고 갈 때마다 요모조모로 신경을 써주는 Y여사의 마음 씀씀이가 고맙다고 생각했고, 그나마 가본지도 1년이 넘었다. 먼 곳에서 찾아오실 것이 미안해서 둘러 댄 말이었다.

그런데 그 다음날 Y여사에게서 핸드폰으로 또 전화가 걸려왔다. 이 더운 여름에 "사고를 당하고 병원에 계셨기 때문에 몸을 보하셔야 하겠기에 지금 대부도에서 닭죽을 쑤어가지고 출발해

가고 있는 중인데, 퇴원 하셨다니 아파트 동 호수나 좀 알려 달라"고 했다. 그래 할 수 없이 "아직 퇴원을 못하고 병원에 있다"고 알려 주었다.

얼마 후 닭죽 보따리를 들고 병실로 들어서는 Y여사의 모습을 보고 가슴이 "씽" 해오는 것을 느꼈다. 그의 진심이 나의 가슴에 와닿았기 때문이었다. 진심이 전해주는 감동은 그만큼 컸다. 그 외에도 평소 나와 친분관계가 가깝다고 생각지 못했던 상상외의 분들께서 진심을 가지고 찾아와 위로와 격려를 해주신데 대해 감사를 드리면서 '그래도 살맛 나는 세상'이라고 긍정적인 눈으로 세상을 볼 수 있게 된 것이 이번 사고를 계기로 얻게 된 큰 선물이라고 생각한다. 한편 그렇게 하지 못했던 내 자신을 반성하면서.

요지경 같았던 한 해

2005년은 정말 요지경 같았던 한 해였다. 여러 가지 예 중에서 두 가지만 들어보자

얼마 전 공영 방송인 KBS에서 방영된 <올드미스 다이어리>라는 드라마에서 며느리가 시어머니의 뺨을 때리는 장면이 논란의 대상이 되어 방송위원회의 징계를 받은 일이 있었다.

그러나 문제된 장면은 방영되기 훨씬 전부터 드라마가 아닌 실제 상황으로, 나이 많은 부인들 사이에서 떠돌던 이야기라고 한다. 그 이야기의 내용은 다음과 같다.

'일찍 남편과 사별한 후 외아들 내외와 손주랑 함께 살고 있는 할머니가 있었는데, 어느 날 외출한 며느리를 대신해 손주를 돌보고 있었다. 그러나 일이 잘못되느라고 그랬는지 문득 안방에 챙겨둔 은행통장을 확인해 봐야겠다는 생각이 들어서 장롱 서랍을 뒤지고 있었는데 갑자기 거실에서 놀고 있던 손주가 자지러지게 우는 소리가 들려왔다. 정신없이 거실로 뛰어나가 보니 죽은 남편이 생전에 아껴서 거실 장식장 위에 진열해 놓았던 커다란 화병이 떨어져 거실 바닥에 산산조각이 나 있었고, 손주의 발에서는 피가 낭자하게 흐르고 있었다. 거실에서 혼자 놀고 있던 손주가 장식장 위의 화병을 잡아 당겨 떨어지면서 발등을 찍고 깨어져 버린 것이었다.

놀란 가슴에 우선 손주의 발부터 싸매주려고 하는데 그때 마침 외출에서 돌아오던 며느리가 이 장면을 보고는 "아니, 어떻게 아이를 봤길래 이렇게 됐냐?"면서 느닷없이 시어머니의 뺨을 올려붙였다. 그리고는 아이를 안고 병원으로 달려가 버렸다. 얼떨결에 뺨을 얻어맞은 시어머니는 어이없고 분한 생각에 하염없이 눈물을 흘렸다.

그런대로 깨어진 화병조각을 깨끗이 치웠는데 한참 만에 돌아온 며느리는 냉냉한 눈으로 시어머니를 흘겨본 후 "잘못했다"는 말 한마디 없이 아이를 안고 자기방으로 들어가 "꽝" 하고 문을 닫아버렸다.

저녁에 퇴근해 돌아온 아들이 심상치 않은 어머니의 표정을 보고 "무슨 일이 있었느냐?"고 물었다. 아들을 보자 설움이 복받쳐 오르면서 낮에 있었던 기막힌 일을 넋두리를 섞어 하소연했다. 아무말 없이 듣고 있던 아들이 "맞을 짓을 했구먼" 한마디 내뱉고는 쓰다, 달다 말없이 자기 방으로 들어가 버렸다.

눈 한번 붙이지 못하고 밤을 새운 시어머니는 그 다음날 동네 복덕방을 찾아가서 "우리 아들 내외가 눈치 채지 못하도록 집을 팔아 달라"고 부탁하면서 집을 내놓았다. 집을 팔고 돈을 받아든 그녀는 아들 내외를 불러 앉히고 2천만원을 내주면서 "이 집을 팔았으니 이 돈을 가지고 너희들끼리 잘 살아보라"는 말을 남기고 자신은 유료양로원으로 들어가 버렸다'는 이야기였다.

같은 무렵 생방송으로 진행된 <MBC 음악캠프>에서는 방송 도중 2명의 남자 무용수가 6~7초 동안이나 아랫도리를 내리고 성기를 노출시킨 방송사상 초유의 사고가 발생했다.

지난해 여름에도 서울 홍익대 앞 공연장에서 공연도중 하반신을 종종 노출한 사실이 있었던 이 두 사람은 그룹 '럭스'의 리더인 원모(25) 씨에게 이번 공연 도중 하반신을 벗겠다는 계획을 사전에 설명했다. 사건당일 이들은 서로 눈신호를 하고 함께 성기를 노출했다고 한다.

이들은 "그냥 재미삼아 장난삼아 옷을 벗었고 우리의 음악을 대중들에게 알리기 위해서 그렇게 했다"고 태연하게 말했다고 한다.

우리 사회의 밑바닥을 발로 뛰면서 현장을 보도하는 일선기자들의 고발기사에 의하면 이제 서울을 비롯한 대도시 나이트 클럽에서는 관객들을 무대로 끌어올려 옷을 다 벗고 춤을 추게 해서 가장 섹시하게 춤추는 사람을 골라 상금을 주는 '섹시 댄스 경연 대회'가 고정 프로그램이 되다시피 했다고 한다. 이 행사는 박수와 환호 속에 죄의식도, 거리낌도 없이 모두들 즐긴다고 한다.

위에 예로 든 두 가지 사례 외에도 차마 민망해서 지면에 옮겨 놓지 못하는 일들과 천륜天倫에 벗어나는 무서운 일들이 비일비재하게 벌어지고 있는 것이 '요즘 세상'의 모습들이다. 왜 이렇게 돼 버리고 말았을까?

혹자는 그동안 우리의 학교 교육이 잘못됐다고 주장하는가 하면 가정교육이 무너져 버린 결과라고 한탄하기도 하고, 사회 기성세대의 부패와 타락으로 인해 아무리 학교 교육을 잘 시켜 놓아도 사회의 흙탕물 속에 금방 물들어 버리고 만다면서 그 책임이 사회에 있다고 열을 올리는 사람들도 있다.

이제 2005년을 보내면서 이 사회를 바로 세우기 위해 어떻게 해야 할까?를 고심해보자. 그 해답은 이미 나와 있는 것이나 다름이 없다. 사회가 망가진 원인으로 지적한 위의 3가지 주장이 모두 옳은 것이기 때문에 그 문제점들을 바로 잡아 나가면 된다.

즉 사회의 부정부패를 추방하여 사회정의를 구현시키며 상식과 진실이 통하는 사회를 만들고 가정교육을 바로잡아 어른을 공경하고 가족의 귀중함과 가족 간의 배려를 알게 해야 한다. 그리고 학교 교육을 과감하게 개혁해서 이제까지 영·수·국(영어·수학·국어) 등 지식 일변도에 치중해오던 교육 과정을 '사람답게 사는 법'을 가르치는 윤리나 수신修身 쪽에 무게를 두어 앞으로 대학입학시험에 있어서도 수능修能이든 내신內申이든 형식에 관계없이 윤리·도덕·수신 쪽에 비중을 키우는 것이 어떠할까? '사람답게 사는 법'을 모르는 사람이 리더가 되는 사회는 이미 사람이 살 수 있는 사회가 아닐 테니까 말이다.

할머니는 X예요

"할아버지 안녕하세요?" 전화기 속에서 들려오는 톡톡 튀는 목소리는 큰 아들네 손녀인 민주였다.

큰 아들은 남매를 두었는데 지금 전화가 걸려온 손녀 '민주'는 다섯 살로 유치원에 다니고 있고, 그 아래로 첫돌이 지난 손자 '호준'이가 있다.

민주가 전화를 걸어온 것이 큰 며느리가 손자를 임신 중이었을 때니까 네 살 때 일이다. 나이는 네 살이었지만 아이가 여간 영리하고 똑똑하지 않았다. "민주야? 잘 있었니?" 하고 전화를 받자 "네… 지금 저하고, 아빠하고, 엄마하고 오징어를 먹고 있어요." 묻지도 않은 말을 또박또박 이어가며 자랑을 했다. 그래서 "오징어는 어디서 생겼는데?" 하고 물었더니 "아빠가 인터넷으로 샀어요" 머뭇거리지도 않고 대답을 했다. 그래, 은근히 골려주고 싶기도 했고, 또 어떻게 대답하나 보려고 "민주야. 그런데 할아버지한테는 안주고 너희들끼리만 먹니?" 하고 물었다. 그랬더니 예기치 않았던 질문에 당황한 듯 잠시 머뭇거리다가 "할아버지한테도 보내 드릴게요" 하고 대답했다. 그 대답에 쉴 틈도 없이 "고맙구나? 그러면 어떻게 보내 줄건데?" 또 물었다. 그 질문에 대해 돌아온 대답이 "인터넷으로 보내 드릴게요" 자신만만한 목소리였다. 그러나 그 오징어는 아직까지 받아 보지를 못했고 "오징어가 왜 오지를 않느냐?"고 물었더니 "컴퓨터에 오징어가 없어서 보내 드리지를 못했다"는 답변을 들었다.

후일 큰아들에게서 들은 얘기인데, 임신 중인 며느리가 컴퓨터 화면을 보다가 갑자기 화면에 있는 오징어가 먹고 싶다고 해서 인터넷으로 신청했던 일이 마치 큰 사건처럼 터졌다고 어이없어 했다.

그로부터 7개월쯤 지난 어느 날이었다. 새로 출생한 손자를 안고 큰아들 내외와 민주가 집으로 나들이를 왔다. 은근히 기다렸다가 얻은 손자를 자랑도 할겸 온 것 같았다. 이것을 잘 알고 있는 아내는 앞장서 들어온 민주에게는 대충 아는 체만 하고 큰며느리에게서 얼른 손자를 받아 안고 추슬러주며 입을 맞추고 예쁘다고 했다. 그날은 그렇게 손자를 중심으로 얼러주고 며느리에게 애썼다는 말을 하면서 축하하는 분위기에서 하루를 보냈다

며칠 후 어느 날 저녁 민주에게서 전화가 왔다. "할아버지

오늘 유치원에 못 갔어요" "왜?" "날이 춥고 감기가 들어 못 갔어요. 호준이도 아파요" 하면서 그날 자기에게 있었던 일을 모두 이야기했다. "병원에는 갔었니?" 하고 묻자 "병원에도 가고 약도 먹었어요." "그래 잘했다. 날이 추우니까 밖에 나가지 말아. 그리고 할머니를 바꿔 줄테니까 민주가 아프다고 말씀드려. 알았지?" 하고 아내에게 전화를 바꿔주려 하자 "싫어요, 난 할머니가 없어요." 하고 뜻밖에 강하게 거부했다. 그래서 "왜 민주에게 할머니가 없어. 할머니가 민주를 얼마나 사랑하는데… 그러지 말고 할머니 전화 받고. 잘 말씀드려. 알았지 민주야" 그리고 전화기를 아내에게 주었다. "민주야. 잘 있었어? 어디가 아프니?" 하고 아내가 묻자 "할머니는 엑스(X)예요. 난 할머니가 없어요. 아빠하고 엄마는 호준이만 좋아하고 외할머니는 미국 가서 없고 할머니는 민주편인 줄 알았는데 지난번에 호준이만 안아주고… 호준이 할머니 됐잖아요? 민주는 할머니가 없어요. 할머니는 X예요" 하면서 울더란다. 생각해 보니 지난번 집에 왔을 때, 저를 먼저 안아준 다음에 호준이를 안아 주었어야 했는데 호준이만 안아주고 뽀뽀를 해주고 모두 호준이 위주로 한 것이 민주에게는 상당한 소외감을 느끼게 한 것 같았다. 그것을 드러내서 내색하지 않고 꽁하니 가슴에 묻어 두었던 것 같았다.

요즘은 'O X 세상'이다. TV에 방영되는 청문회에 나온 국회의원들이 "예, 아니오로 답하라"고 윽박지르는 장면이 나오더니 정치판에서는 '개혁혁신세력'이 아니면 '보수·수구세력'으로 양분되고 각종 시험문제의 출제도 객관식으로 '맞는 것에는 O표, 틀린 곳에는 X표를 하라'고 한다.

어린이들의 세대에도 변화가 와서 '좋은 것과 싫은 것'이 분명하며 '내편이 아니면 남' '미움이 아니면 사랑' '내가 좋아 하는 사람은 O표, 싫어하는 사람은 X표'이다. 어쩌다가 아내는 손녀에게 잘못 보여서 'X표 할머니'가 되었나?

이해할 수 없는 일들

2005년도 중에 발생한 일 중에서 가장 이해할 수 없는 일을 손꼽으라면 역시 황우석 교수의 줄기세포 논문 조작 사건이다. '월, 화, 수, 목, 금, 금, 금' 황우석 교수 특유의 달력으로 회자되고 있던 말이다. 일주일 내내 휴식도 없이 연구에만 전념하고 있는 황교수의 일정을 대변하고 있다.

그 결과 황교수의 연구 단계가 "대문 4개를 한꺼번에 열었고 이제 3~4개의 사립문만 남았다."거나 "세계 생명공학의 고지에 태극기를 꽂고 왔다"면서 세계 줄기 세포 허브를 만들겠다는 말로 2만 여명의 난치병 환자들이 대체 장기 개발 기술의 마지막 사립문이 열리기를 기도하게 만들었다.

그러다가 MBC <PD 수첩>에서 '불법 난자 체취 문제'를 제기 하고 나서자 천여 명의 여성들이 자진해서 난자를 제공하겠다고 자원했고 '황우석을 사랑하는 모임'이 생겼으며 일부 TV에서는 여성들이 "진달래꽃을 밟고 가시라"고 꽃잎들을 황우석 교수가 근무하는 연구실 앞 통로와 계단에 깔아놓는 모습을 보여주었다. 그러던 것이 사이언스에 제출한 논문의 진위 여부가 쟁점에 오르면서 서울대 조사 위원회에서 자체 조사를 실시한 결과 "황 교수팀이 2005년 사이언스지에 발표한 환자 맞춤형 복제줄기 세포뿐 아니라 2004년 사이언스지에 실은 논문의 체세포 복제 줄기 세포도 갖고 있지 않으며, 줄기 세포가 만들어졌다는 어떤 입증 자료도 없었다."고 밝혔다.

결국 문제는 검찰로 넘어가 그 진위가 가려지겠지만 워낙 전문적인 용어와 이론으로서 우리는 그 문제점이 무엇인지 조차 이해하기가 어렵다. 다만 바라보던 국민과 불치병을 앓고 있는 수많은 환자들의 손에 이제 꿈과 희망의 잔해만이 남겨진 것이다.

그 다음으로 브로커 윤상림씨의 사건을 꼽을 수 있다. 두 달 가까이 신문을 비롯한 모든 매체에 쉬지 않고 보도 자료를 제공하고 있는 이 사건은 급기야 윤씨와의 돈 거래 사실이 드러난 최광식 경찰청 차장의 수행비서가 원주의 한 야산에서 목을 매 자살하는 사태로까지 이어졌다.

이 사건에서 희한한 점은 경찰 중견 간부부터 현직의원, 판사, 전직 검사장까지 힘깨나 쓴다는 사람들이 모두 브로커 윤씨에게 돈을 갖다 준 사실이 밝혀지고 있다는 것이다.

브로커는 "로비를 하기 위해 권력있는 사람들에게 돈을 뿌리는 것"이라는 상식에서 완전히 어긋난 일이다. 더욱이 돈을 갖다 바친 고관대작들이 모두 입을 봉하고 있어, 어떻게 된 사건인지 정말 알 수가 없다. 또 하나 우화 같은 일은 "A시市"의 "시정市政부실 집행"에 대한 여론 문제이다. 작년 8월. 시민 1만 8,000여명이 서명한 재산세 인하요구 청원서를 제출했다. "다른 기초 자치단체에서는 탄력세율을 적용해 50%의 인하 조치를 했는데 A시市에서는 반대로 80%의 인상 조치를 한 것은 도저히 납득할 수 없고 받아들일 수도 없으니 즉각 인하해 달라"는 것이었다.

이에 대해 시 당국에서는 해명 자료를 통해 "탄력 세율을 적용 하지 못한 것은 시의 어려운 재정 상황을 감안하여 결정한 일이며" "올해 80% 인상 주장은 사실과 다르게 2004년도 아파트 재산세가 평균 15% 정도 밖에는 인상되지 않았다"고 주장하면서 수용하지 않았다

급기야 시민들이 재산세 납세 거부 운동과 함께 집회까지 벌이자 뒤늦게 의원 발의를 통해 "내년부터 주택분 재산세 50%를 인하한다."는 내용의 시세 조례 개정안을 의결했다.

여기서 이해할 수 없는 것은 이렇게 쉽게 인하할 수 있는 것을 시의원들은 왜 시민들의 거센 항의를 받고서야 부랴부랴 조례안을 개정해야 했나? 하는 것과 재정 형편상 곤란해서 세율 인하가 어렵다고 하던 시 당국자의 말을 어떻게 이해해야 하느냐? 하는 것이다.

특히 요즘 A지역 신문보도에 의하면 '국가 청렴 위원회'가 발

표한 "2005년도 청렴도 측정" 결과 A시市가 전국에서 꼴지를 기록한 사실과 행정 자치부가 실시한 "2005년 재정운용실태 분석 결과" 가장 부실한 E등급을 받은 것에 대해 시정을 책임지고 있는 시장市長이 "직원들이 업무를 제대로 하지 않았기 때문"이라면서 직원들에게 그 책임을 떠넘기는 발언을 하였고. 이 같은 사실이 알려지자 직원들은 시장에게 강한 불만을 표시하며 노골적으로 비난하고 있다고 한다. 우리 손으로 뽑은 시장이 반성은커녕 어떻게 이런 발언을 할 수 있으며, 시민의 편에 서서 시정을 제대로 감독해야 할 시의원들은 꿀 먹은 벙어리처럼 말이 없는가? 참 이해 할 수 없는 일들이다.

이런 일들이 일어날 수 있는 원인이 무엇일까? 나름대로 다음 3가지 원인을 생각해 보았다

첫째 : 수단 방법을 가리지 않고 입신영달을 해보겠다는 사회 풍조

둘째 : 냄비 같이 빨리 끓고, 빨리 잊어버리는 국민감정.

셋째 : 후보자에 대한 자세한 검증없이 'A당'이 잘못하면 'B당'에 우르르 몰려가 몰표를 찍고 'B당'이 잘못하면 'A당'에 몰표를 주는 행동은 '빗자루를 세워놔도 당선된다.'는 말이 나오게 했다. 정작 후보자들은 국민의사에 관계없이 자기의 이해관계에 따라 마음대로 이 당에서 저 당으로 철새처럼 날아다니는데 우리는 이런 부질없는 노릇을 언제까지 계속할 것인가?

모름지기 정당에 구애 받지 말고 후보자에 대한 철저한 검증을 통해 우리의 대표를 선출해야 할 것이다. 그렇게 해서 이 땅에 다시는 이해할 수 없는 일들이 일어나지 않도록 하자.

# 우리 사회의 내일을 위하여

　얼마 전, 신문에 보도된 기사를 읽고 너무나 큰 충격 때문에 망연자실, 넋을 잃은 적이 있었다. 사건을 그대로 전달하기 위해서 그 기사의 내용을 전문 그대로 소개한다.

　"경북 울진경찰서는 16일, 잦은 지각과 결석을 질책하며 손지검을 한 담임교사에게 앙심을 품고 수업 중인 교사를 찾아가 폭행한 혐의로 김모(16, 고교1년)군에 대해 구속영장을 신청했다. 김군은 지난 12일 10시 20분쯤, 교실에서 수업 중이던 교사 이모(33)씨의 얼굴을 주먹으로 때린 뒤 쓰러진 이 교사를 발로 짓밟는 등 전치 2주의 상처를 입힌 혐의를 받고 있다. 당시 교실에는 학생 30여명이 있었으나 사건이 순식간에 일어나 아무도 제지하지 못했다. 경찰 조사 결과 김군은 이날 오전 9시쯤 교무실에서 평소 지각과 조퇴, 결석이 잦은 데 대해 야단을 맞던 중 머리를 손바닥으로 한 두 차례 맞자 "학교를 그만 두면 되는 것 아니냐?"며 학교 밖으로 뛰어 나갔다. 그러나 1시간쯤 뒤 이 교사가 수업 중이던 교실에 찾아가 "학교를 그만두려고 하는데 맞은 것은 갚아야겠다."며 폭행했다고 경찰은 밝혔다.

김군은 경찰조사에서 "가정형편이 어려워 돈을 벌면서 학교를 다녀야하기 때문에 지각과 결석이 잦았다"며 "이런 사정을 몰라주고 모두 나를 쓰레기 취급하는 것 같아 순간적으로 이 같은 짓을 저질렀다"고 말했다" 한다.

이 기사를 읽고 나는 한참동안 상념에 잠겼었다. 우선, 이 학생이 어른이 되었을 때 늙은 부모님에게 어떻게 대할까? 또 사회에 대한 불만과 증오로 가득 차 있고, 자신의 감정을 추스르지 못해 거침없이 폭력을 행사하는 이 학생이 사회에 적응해 나가지 못할 때 우리 사회에 어떠한 영향을 미칠 것인가?……그리고 담임선생님은 왜 문제 학생들에 대해 좀 더 관심을 가지고 생활 상태나 어려움, 고민하는 것들을 파악하고 이들을 포용하며 애정을 가지고 챙기지 못했을까? 또 이들의 이야기를 들어주고, 같이 고민하고, 이들에게 자신감과 용기를 심어주는 진정한 스승의 역할을 못하고 단지 그들을 억누르고, 야단치고, "나는 인간 쓰레기"라고 느끼게 할만큼 좌절감과 자괴감을 안겨주었을까? …… 왜, 그때 교실 안에 있던 30여명의 학생들은 아무리 순간적인 일이었다고는 하지만 누구 하나 말리는 사람 없이 가만히 있었을까? …… 그 선생님은 앞으로 어떻게 학생들 앞에 서서 그들을 가르칠 수가 있을까? …… 상념은 꼬리를 물고 계속되었다.

대부분의 국민들은 우리나라 교육 정책이 잘못되었다고들 한다. 우리나라의 교육은 상급학교에 진학하기 위한 입시 위주의 수능修能 교육에 치중하고 있기 때문에 학생이나 학부모들은 학교보다는 인기 유명 강사가 가르치는 학원을 선호해서 작년 한 해 동안의 사교육비가 10조원에 육박했으며 이것은 유명 학원들이 밀집해 있는 서울 강남지역의 아파트 값을 상승시키는 큰 요인으로까지 작용했다고 한다. 그래서 정부에서는 이런 문제를 해결하기 위해 EBS 방송에 의한 수능 교육을 실시할 방침이라고 한다.

이런 와중에 국민들은 "사람이 사람답게 살아가도록" 지도하는 '인성교육人性敎育'은 실종돼 버렸다고 한탄하며, 교육에 대해 불만을 가지고 있다.

그러나 학교 선생님들은 그들대로 할 말이 많다. 우선, '인성교육의 1차적인 책임은 가정에 있는데, 지금 핵가족 체제로 변화해가는 과정에서 젊은 부모들은 가정교육을 감당하지 못할 뿐만 아니라, 자녀들의 기氣를 살려준다고 툭하면 학교에 찾아와서 항의와 욕설을 하고, 학생들은 112에 신고해 경찰을 불러 선생님을 붙잡아 가게 하는, 교권이 상실된 현실 속에서 학생들의 인성교육을 전담하기가 어렵다'는 것이다. 그리고 '사회 지도층에 있는 어른들이 몇 억원을 갖다 주고, 받다 걸려서 구치소로 향하는 모습들을 매일같이 TV를 통해 보여주는데, 과연 학교 혼자서 인성 교육을 감당할 수 있겠느냐?'고 이들은 반문한다.

어쩌다 이 지경에까지 이르렀을까? 요즘 신문 사회면을 보면, 차라리 눈을 감고 싶은 심정이다. 교사가 교감선생을 폭행하고, 학부형이 교장을 때리고 교사가 어린 여학생에게 폭행을 가하는 난장판이 왜 계속되고 있을까?

몇 년 전에 일본을 방문했는데 우리 일행을 안내하던 현지 가이드는 일본 교육정책에 대해서 다음과 같이 설명해 주었다. "이곳에서는 초등학교에 처음 입학하게 되면, 우선 서로 인사하는 것부터 가르칩니다. 학생들을 두 편으로 나누어 각각 양쪽에서 걸어오게 하여 마주치게 되면 학생과 학생이 인사를 나누고, 선생님과 학생이 인사를 나누고, 교장선생님까지 여기에 가담해서 인사를 나눕니다. 이런 방법으로 더불어 살면서 서로를 존중하고 공동생활의 기초부터 가르치는 것이죠."

북유럽에는 전업주부專業主婦라는 것이 없다. 남편과 아내가 모두 직장에 나간다. 그리고 자녀들은 시설이 훌륭한 탁아소에 맡겨져 전문적인 교육을 받은 교사들로부터 생활지도를 받으며 공동생활에 대한 예절과 타인을 존중하고 배려하는 인간관계 등에 대한 인성교육을 받게 된다고 들었다.

이제 우리나라는 그동안 인간관계와 인성교육을 담당해 왔던 대가족제도가 무너지고 핵가족화가 급속하게 추진되고 있으며 남녀평등 사상이 널리 퍼지고, 여성의 경제활동 필요성이 높아

짐에 따라 가정을 비우고 사회로 진출하는 주부들의 숫자가 날로 늘어나고 있다. 이제 우리 모두가 반성해 보자! 우리 젊은이들에게 그리고 후손들에게 '집에서는 부모를 공경하고', '사회에서는 어른을 공경하고', '스승의 그림자도 밟지 않는다.'는 것을 참되게 가르친 일이 있는가? 우리 사회가 이렇게 위, 아래上下도 몰라보는 무질서한 사회가 되어서야 되겠는가?

지난 총선기간 중에 쏟아놓은 그 많은 정책과 공약 속에서 '인성교육'에 관한 것은 눈을 씻고 찾아보아도 볼 수가 없었다.

지금이야말로 우리 후손들에게 인성교육을 시켜야할 중요한 때라고 생각한다. 관계 당국에서는 한시가 바쁘게 여기에 눈을 돌려 필요한 대책을 세워야한다. 그래서 우리 후손들이 '사람답게 살 수 있는' 길을 가르쳐 주어야한다. '우리 사회의 내일을 위하여' 꼭 필요한 일이다.

젊은 소방관의 살신성인殺身成仁

　꽃샘추위를 밀어내면서 그 화려함을 한껏 자랑하던 벚꽃과 개나리, 진달래도 진지 오래이고, 이제 대지가 푸르름으로 변하는 5월이 성큼 다가왔다.

　5월은 가정의 달이다. 미래 이 땅의 주인공이 될 어린이들을 위한 '어린이 날'이 있고, 어버이의 은공을 기리기 위한 '어버이 날'이 있다. 이날은 각기 사랑과 존경하는 마음으로 서로를 위해주면서 하루를 즐기고 그 뜻을 기리는 행사가 풍성하게 이루어진다.

　그러나 이런 축제 분위기의 한편에서 아직도 슬픔에 잠겨 오열을 참지 못하는 가족들이 있다. 바로 지난 4월 12일 화재 현장에서 인명구출을 위한 활동을 하다가 순직한 고故 어수봉 소방관의 가족들이다.

지난 4월 12일 오전 1시 30분경. "사동 W아파트 13층에서 화재가 발생했으니 출동하라"는 지시를 받고 어수봉 소방관 등 2명의 소방관이 출동했다. 마침 같은 시간에 대부분의 대원들이 먼서 발생한 원곡동 화재 현장으로 10분선에 출동했기 때문에 이 현장에는 어수봉 소방관 등 2명의 소방관이 먼저 도착했던 것이다.

현장에 도착한 어 소방관은 화재 현장인 13층까지 뛰어 올라가 화재 진압 및 인명 검색 작업을 벌이던 중 식탁에 걸려 넘어지면서 쓰고 있던 산소 호흡기가 벗겨져 유독가스에 질식돼 참변을 당했다고 한다.

어 소방관은 지난 91년 공채로 소방에 입문한 이래 13년 동안 누구보다 투철한 사명감과 직업에 대한 자부심이 높았고, '현장 진입 베테랑'으로 통할 정도로 열정을 다해 살아왔는데 유족인 부인(37)과 중학교, 초등학교 학생인 두 딸이 5,000만원짜리 다세대 주택에 어렵게 살고 있는 것으로 알려져 주위를 더욱 안타깝게 했다고 한다.

지난 4월 12일, 고인의 빈소가 차려진 안산고대병원 영안실에서는 남편의 시신 앞에서 오열하던 부인이 실신, 응급실로 실려가고, 아직 어린 두 자매가 아버지의 빈소를 지키고 있는 모습은 보는 이의 눈시울을 뜨겁게 했다. 특히 고故 어수봉 소방관을 마지막 보내는 영결식장에서 읽은 안산소방서 박은옥 소방관의 영결사 내용은 그 자리에 참석했던 모든 조문객들의 가슴을 저리도록 했으며 눈물바다를 이룰 만큼 울지 않는 사람이 없었다고 한다.

박은옥 소방관은 영결사에서 "유난히 화재와 구급활동이 많은 지역에서, 강인하고 투철한 소방 정신으로 맡은 바 책임을 묵묵히 해내셨던 당신이었습니다."라고 고인을 추모한 후 "하늘 같은 사랑으로 소방의 길을 가는 아들을 지켜봐 주시던 어머님, 기쁨과 슬픔을 함께하던 당신의 사랑하는 아내, 아빠의 사랑을 듬뿍 받으며 이제 막 피어나는 어린 두 딸을 뒤로 한 채, 당신은 머나먼 길을 떠나셨습니다.…… 우리 아들이, 우리 남편이, 우리 아버지가 소방관이라는 이름만으로도 자랑스러워하던 가족들의 미소는 이제 어디에서 찾아볼 수 있을런지요"라고 울먹였다.

이제 그는 영영 우리들 곁을 떠났다. 이 세상 사람들이 자신들의 이익만을 위해서는 도덕성을 훼손시키는 일조차 서슴지 않는 이 각박한 현실 속에서 숭고한 희생정신을 동료들과 국민들의 가슴 속에 심어주고 그는 41세의 젊음을 바친 것이다.

요즈음 가족 간의 말다툼 끝에 자기 집에다 석유를 뿌리고 불을 지르는 방화사건이 늘고 있다고 한다. 그리고 거액의 보험금을 노리고 자기 회사에 불을 질러 방화를 했던 파렴치범이 검거되기도 했다. 언제부터 우리들 성격이 이렇게 과격해졌는지 모른다. 그리고 생명에 대한 존엄성도, 이웃에 미칠 피해도 생각하지 않게 되었는지 모르겠다.

이들의 무모한 행위 뒤에는 어수봉 소방관 같은 희생자가 생긴다는 것을 생각이나 해보았을까?

대지 위에 새 생명이 약동하기 시작하고, 녹음이 짙어지기 시작하는 축복 받은 5월! 이 좋은 가절佳節에 어수봉 소방관은 그렇게도 사랑하던 가족들을 남겨둔 채, 살신성인殺身成仁, 우리들 곁을 홀연히 떠나고 말았다.

이제 우리 모두가 옷깃을 여미고 그의 숭고한 희생정신을 가슴에 새기는 것은 물론이려니와 어떻게 하면 그 가족들의 눈물을 닦아 줄 수 있을까를 생각하고 그들을 돕자. 우리 안산 시민들이 그렇게라도 해서 젊음에 간 그의 넋을 위로해주고, 안심하고 눈을 감도록 해주자.

추석을 맞으면서 후회되는 마음

"사람이 늙으면 어린 아이가 된다."는 말이 있다. 오랜 세월, 이 세상을 살아오면서 겪었던 많은 경험들과 쌓아온 경륜으로 상대를 이해하고, 관용하고, 포용하며, 넉넉한 마음을 가지는 게 아니라, 오히려 자기중심적이고, 이기적이며 남과 타협할 줄 모르고 사소한 일에도 노여움을 잘 타게 되는 것이 노인들을 대하면서 느끼게 되는 공통적인 현상이라고 생각한다.

"나만은 결코 그러지 말아야지" 하고 다짐하면서 "넉넉한 마음으로 상대를 이해해 주면서 여유 있게 인생을 살아가는 멋지고 존경받는 사람이 되어야겠다."고 스스로를 다잡아 보지만 그게 마음대로 되지를 않는다.

작년 추석 때의 일이었다. 추석상을 차리기 위한 일체의 물품을 시장에서 구입해 왔는데, 막상 음식 마련을 하다 보니 몇 가지가 모자란다면서 급히 사와야 한다기에 동네 슈퍼로 갔다. 물건을 골라 계산대에 놓고 "얼마냐?"고 물으니 7,500원이라고 했다. 만원짜리 한 장을 주고 거스름돈을 받아 주머니에 넣은 후 나오려다가 문득 손자들이 아이스크림을 사오라고 부탁하던 밀이 생각났다. 다시 아이스크림 10개를 집어가지고 와서 "얼마냐?"고 물으니 12,500원이라고 한다. 돈을 내려다가 아이스크림 값이 너무 비싼 것 같아 "아이스크림 한 개에 얼마냐?"고 다시 물으니, 500원이라고 대답했다.

"그러면 아이스크림 10개에 5,000원이지. 왜 12,500원이라고 하느냐?"고 따져 물으니, 방금 그 값을 지불하고 난 물건까지 합해서 그렇다는 것이다. 그래서 방금 받은 거스름돈을 꺼내 보여 주면서 "그것은 내가 만원짜리를 내고, 이렇게 당신이 거스름돈까지 주지 않았느냐?"고 다그치자, "저는 둘을 합해서 말한 거지요" 하면서 자기주장만 했다. 아마도 방금 물건 값을 받고도 헷갈리는 것 같았다.

그쯤에서 "아마 방금 받은 물건 값이 헷갈려서 그러시는가본데 그럴 수 있는 일이지. 먼저 고른 물건 값은 분명히 돈을 지불했으니. 자, 여기 아이스크림 값 받으세요." 하고 이해가 가도록 조용히 설득하고 나왔으면 좋았을 것을, 사과도 안하고 자기주장만 하고 있는 것이 나 딴에는 괘씸하다는 생각이 들어서 "같은 동네에서 장사를 하면서 이렇게 바가지를 씌어도 되는 거냐?"고 엇나가는 소리를 했다.

그러자 그는 "무슨 바가지를 씌운다고 그러느냐?"면서 "내가 돈을 받았나?" 하고 옆에 있던 사람에게 물어보는 것이었다. 더욱 열을 받은 나는 그에게서 받은 거스름돈을 다시 꺼내 흔들어 보이면서 "이게 방금 당신이 거슬러준 돈이 아니고 무엇이냐?"면서 "당신이 내 나이쯤만 됐어도 내가 이해를 하겠다. 젊은 사람이 그렇게 정신이 없어서 어떻게 하겠냐?"고 나도 모르게 언성을 높였다.

잠시 망설이던 그는 "됐어요. 아저씨, 미안해요" 하면서 사과인지, 귀찮으니 그만 마무리를 짓자는 뜻인지 모를 말을 해, 아이스크림 값을 지불해주고, 슈퍼를 나왔다. 그러나 왠지 찜찜하고 나 자신에 대한 불만으로 하루 종일 마음이 편치를 않았다.

문득 언제인가 교통사고 현장을 목격했던 장면이 떠올랐다. 가벼운 접촉 사고였는데, 가해자인 듯한 50대의 험상궂게 생긴 남자가 손짓, 발짓과 삿대질까지 하면서 큰소리로 떠들어 자기의 정당성을 주장했다. 상대방은 60이 넘어 보이는 노신사였는데 시종 여유있는 표정으로 그의 말을 다 들어주었다. 그리고 그의 말이 끝나자 차분하고도 조용한 목소리로 몇 마디 했다. 그러나 그의 말은 상대방의 정곡을 찌르는 말이었다. 이제까지 기세등등하던 남자의 자세가 누그러지면서 고개를 숙였다. 그러자 그 노신사는 점잖게 몇 마디 타이르고는 그 자리를 떠나버렸다.

그때 나는 그 모습을 지켜보면서 참 멋있다고 생각하면서 나도 저렇게 행동해야겠다고 마음먹었다. 그런데 모든 것이 풍성하고 여유로워야 할 추석을 앞두고 언성을 높이며 흥분하던 나의 모습은 그게 무슨 꼴이란 말인가? 참으로 후회스럽기 짝이 없었다. 그렇다고 다시 찾아가서 이해를 구해 보려고 해도 이미 그들 뇌리에 각인된 내 인격에 대한 이미지가 바뀌어질리도 없는 게 아닌가? 이제 또 한 해가 지나고 다시 추석을 맞으면서 그 때 생각을 하면 후회만이 남을 뿐이다.

요즈음 우리 사회를 바라보고 있노라면 아슬아슬하고 불안하기 짝이 없다. 옹고집에 타협할 줄 모르는 노인들처럼 대립된 두 개의 세력이 복선이 아닌 단선의 철로 위를 마주보고 달리는 기관차같이 한 치의 양보도 없이 달려가는 것 같다. 상대방에 대한 이해나 배려는 고사하고 타협이라도 해보려는 움직임조차 없는 것 같아 더욱 불안하다. 잘못하다가는 어느 한 쪽이 치유할 수 없는 중상을 입게 되거나 공멸하게 될지도 모른다.

그 때는 후회밖에 남을 게 없다. 지금 우리가 해야 할 가장 중요한 일은 후회하지 않을 일을 하는 것뿐이다.

내가 종아리를 맞겠습니다

어느 날 저녁 뉴스 시간이었다. 그때 TV 화면에 비춰진 장면은 웃을 수도, 울 수도 없는 참으로 민망한 모습이었다. 전직前職 대학의 총·학장 및 장관을 지낸 분들이 TV에 나와서, "우리들이 잘못 가르쳐서 오늘 사회가 이렇게 혼란스럽게 되었습니다. 잘못을 반성하는 뜻에서 저희들 스스로 종아리를 맞겠습니다." 하는 말과 함께 일렬로 뒤돌아서서 종아리를 걷고는 "한대요!" 하는 사회자의 구령에 따라 "찰싹", "둘이요!" "찰싹" "셋이요!"…… 이렇게 석 대씩 회초리로 자신들의 종아리를 내리쳤다. 그런가 하면 연세 높으신 원로 두 분은 '죄의 용서'를 비는 뜻에서 흰색 한복 위에 두루마기를 받쳐 입고 거적 위에 꿇어앉아 '석고대죄'를 하는 퍼포먼스가 연출되고 있었다.

이 장면을 지켜 본 시민들의 반응은 대략 두 가지었다. 하나는 "이렇게 혼란스러운 사회를 만든 책임을 어느 누구라도 져야 할텐데, 저 분들이라도 나와서 책임지는 모습의 귀감을 보여 준 것은 용기있고, 신선한 충격으로 받아들여진다"는 것이었고, 또 하나는 "기왕에 자기반성의 표시로 종아리를 맞으려면 핏자국이 나도록 힘껏 내리쳐야지, 살살 시늉만 내는 깃을 보니, 사회를 또 한 번 웃기는 '쇼'에 지나지 않는다."는 냉소적인 반응이었다.

그러면 무엇을 어떻게 잘못 가르쳤기에 사회가 이 지경에 이르렀을까? 교직자로서의 품성이나 실력보다는 뒷거래에 의한 의혹설이 매스컴에 오르내리는 가운데 자질이 모자라는 선생님들에 의해 교육이 진행되었고, 학교 운영에 비리가 있다고 규탄하는 학생들에 의해 총·학장실이 점거되는 등, 서글픈 현실 속에서 스승에 대한 존경심이 없어진데다가 상급 학교 진학 시험 대비를 위주로 한 이른바 영·수·국英語, 數學, 國語 교육에 치중하면서 정작 '사람답게 사는 법'을 가르치는 인성교육人性教育을 가볍게 보고 등한시 해온 것이 오늘을 자초한 것이 아닌가? 생각한다.

그 결과로 정직성正直性에 대한 교육을 게을리 해서 그런지, 사회의 지도급 인사들이 부정에 대한 의혹사건에 연류돼 검찰에 출두하는 장면이 나올 때마다 100이면 1,000 사람이, "결코 그런 일 없다", "모략이다"라고 항변하며 떳떳함을 주장하던 그들이 밤샘조사를 받고 나올 때에는 고개를 숙이고 "면목없다",

"국민에게 죄송하다"면서 풀죽은 모습으로 구치소로 끌려가는 장면을 보아온 것이 어디 한 두 번인가? 이런 일들이 계속 되풀이되면서 기성세대에 대한 불신의 늪은 깊어만 갔고, 황금만능주의는 선량한 일반 국민들이 양심에 대한 부담을 느끼지 못할 만큼 팽배해 왔던 것이다.

공자의 사상이 잘 담겨있는 『논어論語』를 보면, 공자 사상의 중심은 '인仁'이며, 인의 가장 순수한 상태가 '효孝'(부모와 자식 간의 사랑)와 '제悌'(형제간의 사랑)라는 것이다. 따라서 효孝와 제悌를 인간행위의 가장 중요한 덕목으로 삼고 있으며 그리하여 효를 바탕으로 '수신제가修身齊家'(자신의 마음과 행실을 바르게 하여 심신을 닦고 집안을 잘 다스려 바로잡음)를 이룬 후에 '치국평천하治國平天下'(나라를 다스리는 일에 나서서 천하를 편안하게 함) 하라고 가르치고 있다. 이 가르침이 뜻하는 것은 "이 세상 모든 일에는 순서가 있으며 그 단계를 밟아가야 이치를 깨닫고 순리에 맞는 행동을 하게 된다"는 것이라고 한다.

오늘 우리 사회가 이렇게 어지럽고, 사회 원로들이 자기 종아리에 스스로 매질을 하게 된 동기는 무엇일까? 그것은 순리를 모르는 자칭 일부 지도자들이 자기 가정 하나 제대로 돌보지 못하면서도 "애국愛國과 애족愛族"을 전매특허처럼 부르짖고 다녔는가 하면, 자식子息하나 제대로 단속 못하는 사람들이 대통령의 중책을 맡아 나라 정책을 좌지우지하던 행태에서 비롯되었다고 볼 수 있다.

이날, 한편의 짤막한 퍼포먼스를 보고, 소리없이 치밀어 오르는 분노를 억지로 삼키면서 나는 생각해보았다. "우리 사회를 이렇게 엉망으로 망쳐 논 장본인들은 이 장면을 보고 무슨 생각을 하고 있을까?……"

그러나 언세까지 그들만을 나무라고 탓 할 수만은 없나. 이제라도 자라나는 세대들에게 인성교육人性敎育을 제대로 시켜서 그들이 '사람답게' 살아 갈 수 있도록 방책을 세워서 실천해 나가야한다. 이 어지러운 사회를 바로잡아야 한다. "언제나 늦었다고 생각할 때가 바로 시작할 때이다."

믿지 못하는 세상

지난 일요일 아침, 늘 그랬듯이 나는 배낭을 꾸려 메고 집을 나섰다. 일요일이면 지인知人들 몇이 어울려 거의 정기적으로 등산을 하는데, 말은 등산이라고 하지만 서울대공원 안에 있는 산림욕장을 한 바퀴 도는 것이 고작이었다. 그러나 정담을 나누면서 숲속 길을 걷다보면 맑은 공기를 호흡해서 그런지 머리와 몸이 그렇게 맑아질 수가 없었다.

그날은 약속 장소에 도착하는 동안 등산을 약속했던 지인들로부터 부득이한 일로 참여를 못하겠다는 전화를 받고 홀로 등산길에 올랐다. 대공원 정문을 들어서서 부지런히 걸음을 재촉하는데, "이 위로 더 올라가면 쉼터로 만들어 놓은 곳이 더 있나요?" 나를 향해 묻는 어느 여인의 음성이 들려왔다. 뒤를 돌아보니 육십 여세쯤 돼 보이는 초췌한 여인과 그 좌우에는 십

칠 팔세쯤 돼 보이는 처녀가 한명, 그리고 열댓살쯤 되어 보이는 남자 아이 하나가 쫓아오고 있었다. 모두가 초라한 모습들이었다. "그렇다"고 대답했더니 "어제 저녁부터 아무것도 먹지를 못해서 배가 고파요… 부산에서 돈을 받으러 왔는데 돈 줄 사람은 도망가고 없고, 지갑을 차에 놓고 내려서 가진 것이 한 푼도 없어 노점상의 김밥 한 개 사먹지 못했어요.…" 그러자 옆에 있던 남자 아이가 "배가 고파 죽겠어요." 하면서 도와 달라는 눈길로 나를 쳐다봤다. "밥을 얻어먹으려면 길거리로 나가야지 왜 산길로 들어섰느냐?"고 물었더니 "음식을 마련해 온 행락객들이 쉬는 쉼터가 밥을 얻어먹기가 좀더 나을 것 같아서"라고 대답했다.

그 말도 그럴 것 같다고 생각하면서, 뭘 좀 도와줄 것이 없나? 하고 살펴보았으나 배낭에는 산행 중에 먹으려고 사 넣은 빵 한 개와 생수 한 병, 현금 1만 천원이 가진 것의 전부였다. '여럿이 올 때에는 제각기 먹을 것을 가지고 오기 때문에 오히려 음식이 남아서 처치 곤란했을 때도 많았었는데……' 아쉽게 생각하면서 무정했지만 그들을 뒤로하고 걸음을 재촉했다.

푸르렀던 나무들은 물들어 가는데 어제 내린 비 끝이라 그런지 계곡마다 물이 넘쳐 흘렀다. 산행을 하면서 나는 잠시 전에 만났던 그들 생각에 계속 잠겼었다. 막상 그들을 도와주려 했으면 만원권 한 장은 줄 수도 있었을 것이다. 간식으로 준비한 빵이 있고, 지하철은 경로 전철권을 이용하고 천원이면 집에까지 버스로 갈 수 있었을 것이다. 그러나 나는 그렇게 하지 않았다. "왜 그랬을까?" "불쌍한 사람들을 도와주려는 자비심이 부족해서였을까?" "아니다" 나는 고개를 저었다. 그리고 그것은 '믿지 못하는 사회의 탓'이라고 스스로를 합리화시켰다.

얼마 전에 고무튜브로 감싼 다리를 엎드려 끌면서 동전 한 닢을 구걸하는 걸인들의 뒤에는 왕초가 있거나, 눈속임을 한다는 TV의 보도를 본 후로는 가급적 값싼 동정 행위를 삼가해 오던 나였다.

그 뿐이 아니었다. 사회봉사 활동을 한답시고 내가 주도적인 역할을 해오던 어느 모임에서 시청 복지부서에 의뢰해 추천받은 독거노인을 근 2년 동안이나 많지는 않지만 회원들의 성금으로 지원해 왔었는데, 어느 날 말 한마디 없이 사라져 버리고 말았다. 알고 보니 그는 부양가족이 엄연히 있는 분이었다. 그 외에도 그런 저런 일로 인해서 남을 돕는 일에 부정적인 생각을 가지고 있었던 터였다.

그러고 보니 그들에게도 몇 가지 석연치 않은 점들이 있었다. 우선 한 개에 천원하는 김밥 하나도 돈이 없어 못 사먹었다는 그들이, 대공원 입장료는 어떻게 내고 들어왔을까? 또 돈지갑을 잃어 버렸다면 부산으로 전화 연락을 해서 송금이라도 하라고 해 집으로 내려갈 궁리를 할 것이지, 왜 대공원 안에 들어와서 헤매는 것일까? 돈을 받으러 오려면 혼자 올 것이지 떼거리로 온 이유는 무엇일까? 연령별 차이로 보아 그들의 관계는 무엇일까?…… 등등 의문들은 꼬리를 물고 이어졌다.

일행이 함께하면 너덧 시간은 족히 걸리는 코스가 혼자서 부지런히 걷다보니 세 시간 만에 끝이 났다. 간식으로 준비했던 빵 한 개가 먹을 틈이 없어 그대로 남고 말았다. 그러고 보니 "빵 한 개라도 주고 올 것을 잘못했지?" 하는 후회와 너불어 만약 그들의 처지가 사실이라면 얼마나 어려운 곤경에 있었을까? 그리고 내가 그들과 같은 처지가 되여 사회의 냉대를 받았다면, 나는 이 사회를 얼마나 원망했을까? …… "앞으로 어려운 처지의 사람을 만나면 그를 의심하기에 앞서서 먼저 그를 돕고, 베푸는 것이 사람 사는 도리가 아닐까?" "아니야, 그것은 바보같은 짓일 거야!" 상념은 꼬리에 꼬리를 물고 다가왔다.

결론은 '믿지 못하는 세상'이 문제였다. 그래서 꼭 도움을 받아야 할 사람이 도움을 받지 못하는 세상이 되었다. 언제쯤 '서로 믿고 살 수 있는 세상'이 찾아오려나?

그 때, 핸드폰 벨소리가 요란스럽게 울었다. "여기는 A 개발 주식회산데요. 수도가 충청도로 이전하는 것 아시죠? 바로 그 옆에 좋은 땅이 나왔는데 이번 기회를 놓치지 마시고 투자하세요. 막대한 이익을 볼 수 있는 기회입니다." "……?" 돈 벌 일이 있으면 자기가 할 것이지 얼굴도 모르는 사람에게 전화는 왜 하나? 참.

효孝는 백행百行의 근원인 것을

어렸을 때 어른들께 들은 이야기이다. 실제로 있었던 일인지는 알 수 없으나 마을에 효성이 지극한 아들을 둔 일흔 살 되는 할머니가 있었다. 아들은 국법에 따라 고려장을 해야겠는데, 차마 살아있는 어머니를 산山에 지고 가서 묻을 수가 없었다. 몇 번을 망설이다가 국법이 하도 지엄한지라 할 수 없이 고려장을 하기로 마음먹었다.

"어머니! 오늘은 어머니를 업고 놀러 갑니다." "어디를?"

"⋯⋯." 아들은 어머니에게 거짓말로 놀러 간다고 하였지만 어머니는 벌써 아들의 뜻을 알았고 아들이 할 수 없이 거짓말을 하는 것도 알았다.

어머니는 아들의 등에 업혀가면서 틈틈이 나뭇가지를 꺾어 땅에 던졌다. 그럭저럭 목적지에 도착했다.

"어머니, 여기예요." "자리가 참 좋구나, 올해는 농사가 잘 되어야 할텐데…" 고려장 하려는 것을 뻔히 알면서도 아들이 잘 살기를 걱정하는 어머니의 가슴은 얼마나 쓰리실까 생각하니 아들의 가슴은 찢어지는 것 같았다.

어느 딧 해가 뉘엿뉘엿 서산으로 넘어가려고 했다. 아들은 하는 수 없이 거짓말로 "어머니! 여기 계십시오. 집에 가서 저녁밥을 가져오겠습니다." 하고 가려고 하자 어머니는 "애야, 어두운데 길을 찾아가겠느냐? 길을 모르겠거든 나뭇가지 꺾인 것을 보고 따라 가거라. 내가 올 때 가끔 나뭇가지를 꺾어놓았다." 이 말을 들으니 아들의 가슴은 더욱 찢어질 것 같았다.

집에 돌아와서 어머니가 살림 걱정이며 길을 잃을까 걱정해 나뭇가지를 꺾어 표시를 해 두었더라는 얘기를 아내에게 했더니 "여보, 법이 다 뭐요. 어서 어머니를 모셔옵시다. 법에 따라 우리가 벌을 받으면 되는 것 아닙니까?"라고 아내가 말했다. 아들은 아내 보기가 부끄러웠다. 내외는 그날 밤 등불을 켜 들고 산속으로 찾아가서 다시 집으로 모셔왔다.

일흔이 넘었는데도 고려장을 하지 않고 어머니를 모셔 온 일은 온 누리에 퍼졌다. 이 이야기는 임금님에게까지 알려져서 아들이 임금님 앞에 불려가게 되었다.

"너에게 일흔 노모가 있다면서 고려장을 하지 않고 국법을 어긴 까닭이 무엇이냐?"

"예, 황송하오나 이러 이러 하옵니다."

임금 앞에 꿇어앉아 전후 이야기를 하자 임금님도 고개를 끄

덕 끄덕 하더니,

"고려장 하려고 업고 가는 것을 알면서도 아들이 길을 잃을까봐 나뭇가지를 꺾었단 말이지?"

"예, 그 사랑에 감동하여 법을 어기는 줄 알면서도 집으로 다시 어머님을 업고 왔나이다."

"알겠다. 효성이 지극하구나."

임금님은 아들에게 상을 주고 그 때부터 고려장을 폐지하도록 국법을 고쳤다고 한다.

얼마 전에 간경화증으로 사경을 헤매던 아버지를 위해 두 형제가 자신들의 간을 떼어내 이식수술을 함으로서 아버지를 살려냈다는 감동어린 기사를 본 일이 있었다. 그런데 이번에는 자매가 병상의 아버지를 위해 각자의 간을 나눠준 훈훈한 가족사랑 이야기가 화제가 되고 있다. 농촌에서 농사를 짓던 김광익(46)씨는 지난해 간경화 판정을 받았다. 병세는 나날이 악화됐고, 간 이식만이 유일한 희망이었다. 간 이식을 자청하여 두 딸이 나섰으나 쉽지 않았다. 검사결과 큰 딸 희옥(27)씨에게는 지방간 증세가 나타났고, 작은 딸 희정(24)씨도 빈혈증상 때문에 쉽게 수술을 받을 수 있는 상태가 아니었다. 두 달 동안 요양하면서 수술이 가능하도록 몸을 만든 자매는 지난 달 27일, 나란히 병상에 누워 20시간에 걸친 간이식 수술 끝에 아버지에게 새 생명을 주었다.

가톨릭 신자로 수녀의 길까지 걸었던 희옥씨는 "아버지를 위해 몸을 쓸 수 있게 돼 감사하다"고 말했고, 수술이 무섭지 않았느냐는 질문에 동생 희정씨는 "내가 아팠어도 아빠는 주저없이 간을 떼어 주셨을 것"이라고 말했다고 한다.

효도는 어려운 일만 하는 것이 아니다. 지난 일요일 칭계산 등산을 했었다. 아직 잔설이 군데군데 남아 있었지만 날씨는 봄날처럼 포근했다. 가랑잎이 쌓여 있는 양지 바른 곳에 노인 한 분과 젊은 청년이 자리를 잡고 앉아 점심식사를 하는 모양이였는데 청년이 공손한 자세로 소주 한 잔을 따라 노인에게 올리면 노인은 비운 잔을 청년에게 주면서 술을 따라 주곤 하는 모습이 여간 정겹지가 않았다. 알고보니 두 사람은 부자지간이었다.

효도는 좋은 음식을 대접하고, 좋은 옷을 입혀 드리고 용돈을 두둑하게 드리는 것이 아니다. 마음이다. 마음에서 우러나는 것이다. 사람이 늙게 되면 가장 먼저 찾아오고 시달리게 되는 것이 '외로움'이다. 이 외로움을 달래드리는 일이 바로 효도이다. 그리고 마음을 편하게 해드리고 존재를 인정해 드리는 것이다.

나는 그런 면에서 아들들 내외에게 고마움을 느낀다. 일주일에 한 번씩은 손주 녀석들을 데리고 집으로 찾아와 재롱도 보여주고 그놈들을 안아 보면서 육친의 깊은 정을 느끼도록 해준다. 저들은 간간히 문안 전화를 하면서도 손주들을 시켜서 시도 때도 없이 전화를 걸게 해 할아버지, 할머니와 대화하도록 마음 써 주는 것이 그저 대견스럽고 고마울 뿐이다.

효도는 부모님이 세상을 떠난 후에는 하고 싶어도 할 수 없고 후회만 남을 뿐이다. 젊었을 때는 미처 깨닫지 못했다가 나이 들어가면서 부모님의 입장을 이해하게 되고, 그 때 효도를 하고 싶어도 부모님은 이미 세상에 안 계신 것을 어찌하겠나.

서양 윤리는 개인의 자유와 평등에 기초하고 있기 때문에 모든 중심은 '내'가 되는 것이다. '내'가 없는 국가나 사회는 생각할 수도 없고 '나는 내가 좋고, 나를 사랑하고, 내가 최고인 것이다.' 그리고 모든 책임도 내가 지는 것이다.

반면에 동양의 윤리는 충·효忠·孝사상에 기초하여 부모, 자식간의 가족 윤리를 근거로 삼은 공동 윤리였으며 그 영역이 확대되어감에 따라 나이가 많은 사람은 나이 어린 사람을 사랑하고, 젊은이는 어른을 공경함으로써 사회 질서를 확립하게 되여 즉 '효는 백행百行의 근원'이 되는 모든 윤리의 기초로 삼는 덕목이 되었던 것이다.

요즈음 정치계에서 "60세 이상의 노년층은 물러나라"는 소리가 들린다. 또 TV토론을 보다보면 아버지뻘 되는 사람에게 눈크게 뜨고 삿대질을 하는 모습을 종종 보게 된다. 아무리 그 지론이 옳다고 해도 씁쓸한 감회를 감출 수가 없다.

이 사회가 건전하게 발전하려면 노년층의 풍부한 경륜과 젊은이들의 넘치는 열정이 함께 섞여서 서로 존중하고 사랑하는 분위기가 이루어져야 되지 않을까?

"효는 백행의 근원인 것을 잊지 말자."

병원 놀이

금년에 네 살난 손녀, 민주는 나하고 놀 때면 '병원놀이'나 '술래잡기'를 잘했는데, '병원놀이'를 더욱 좋아했다. 말이 '어린애'지, 톡톡 튀는 말솜씨와 마음 씀씀이는 '애늙은이'이다.

그 날도 집에서 민주를 봐주게 되었는데 "할아버지! 우리 병원놀이해요! 네?" 하고 졸랐다. "민주가 심심한 모양이구나. 그럼, 할머니 하고 셋이서 함께 해 볼까?" 하자, "할아버지 하고 할머니는 환자니까 여기서 기다리세요." 하고는 방으로 뛰어 들어갔다.

그리고 조금 있으려니 "이재중님, 들어오세요!" 하고 내 이름을 호명하는 것이었다. 그래서 방으로 들어가 보니 자기는 컴퓨터 의자에 앉아서 "어서오세요" 하면서 그 앞의 의자에 앉으란다. 시키는대로 의자에 앉자 "어디가 아프세요?" 하고 묻는다.

그래 어쩌나 보려고 "어디가 아픈지 잘 모르겠는데요." 하고 대답했더니, 배를 만져보고는 "아! 배가 아프군요" 하면서 앞에 있는 침대에 누우라고 하고는 배를 꾹꾹 몇 번 눌러보고서 "주사를 맞고 약도 먹어야겠는데요." 하면서 여기 저기 찾아다니더니 어디서 볼펜을 주워가지고 와서는 엉덩이에 대고 찌르는 시늉을 했다.

나는 조금 있다가 "이제 배도 안 아프고, 다 나았으니까 가볼게요." 하면서 일어나려고 했더니, 질겁을 하면서 진찰할 곳이 더 있으니 그냥 누워 있으라고 못 일어나게 몸으로 눌렀다. 그러더니 어디서 찾아왔는지 손전등을 가지고 와서는 불을 켜고 내 입에다 갔다대면서 입을 벌리라고 했다. 시키는 대로 입을 벌렸더니, 전등을 이리 저리 비추면서 들여다보고는 "이가 썩었네요, 사탕을 먹으면 꼭 이를 닦아야 해요! 알았어요?" "네" 그것으로 끝난 줄 알았더니 이번에는 귓속에다 손전등을 비추며 들여다본다. 그리고는 "귓속에 물이 찼네요, 약을 드릴 테니 잡수세요."

나는 우습기도 하고, 기가 차서 물었다. "이민주 선생님은 자격증이 있어요?" 그러자 "자격증이 뭔데요?" 하고 되물었다. "자격증이란, 의사가 되려고 시험을 봐서 합격한 사람에게 의사 노릇을 해도 좋다고 나라에서 인정해 주는 거예요. 우리 선생님은 그런 자격증을 가지고 있나요?" "그런거 없어요." "그럼, 선생님은 돌팔이 의사네요?" 그러자, "쉿! 조용히 해요! 돌팔이라도 잘해요" 하면서 그만 일어나 밖으로 나가란다. 그리고는 "박명규님 들어오세요!" 하고 할머니를 호명했다.

나는 이 기상천외한 진찰을 받고 나서 여러 가지를 생각하게
됐다.

첫째는 애들이 갖는 순수함이다. 그동안 민주는 아플 때마다
병원에 가서 의사가 진료하는 모습을 유심히 보고는 그대로 흉
내를 내는 것이다. 배가 아파서 병원에 갔고, 감기가 심해서 병
원에 갔더니 중이염이 됐다고 해서 치료를 받았고, 이가 아파서
치과를 갔었고, 요즈음에는 태어난지 한 달이 조금 지난 동생
호준이가 폐렴으로 병원에 입원을 했었기 때문에 제 어미와 같
이 병원에 가서 살다시피 했었다. 이 순수한 마음에 의사들의
모습이 고압적이고 불친절하고 보기 싫게 비쳐졌더라면 그는
그것이 원칙인 줄 알고 그렇게 따라했을 것이다. 그러고 보니
'애들 보는 데는 물먹는 것도 조심해야한다.'던 옛 어른들의 말
씀이 그렇게 가슴에 와 닿을 수가 없었다.

둘째는 그가 가지고 있는 진지함이다. "이제는 아픈 곳이 없
다"는 데도 손전등까지 가지고 와서 귓속까지 들여다보는 그
진지하고 최선을 다하는 모습, 앞으로도 그런 마음가짐으로 자
라줬으면 하고 바라는 마음 간절했다.

그리고 오늘을 살아가는 우리 모두가 '자기가 맡은 일에 최선
을 다하자'는 진지한 마음을 가지고 살아간다면 우리 사회가 얼
마나 밝고 행복해질 것인가?

그러나 당선되기 위해서는 '민생문제'에 최선을 다하겠다고

다짐하던 사람들이 지금 "오직, 자기 주장만이 옳다고" 싸움으로 날을 보내고 있으면서 오늘의 현실에 대해서는 핑계 대기와 변명에 급급하고 있어, 어려운 삶을 살아가는 서민들의 마음을 더욱 서럽게 하고 있다. 그들에게는 '길게 꼬리를 물고 손님을 기다리며 서 있는 빈 택시기사의 애타는 소리가 들리지를 않는가?' '수확을 앞두고 있는 논과 밭을 트랙터로 갈아엎는 농민들의 애 끓는 소리가 들리지를 않는가?' '솥단지와 냄비를 내던지며 울부짖는, 영세 음식점 주인들의 성난 목소리가 들리지 않는가?' "돌파리라도 잘 하면 된다"는 민주의 말이 아니라도 '검은 고양이든, 흰 고양이든, 쥐를 잘 잡는 고양이가 좋은 고양이다.'

# 목욕탕에서 망신당할 뻔한 이야기

H는 나와 초등학교 동창인 60년지기 친구다. 그동안 오랜 세월 속에서 전쟁의 참화를 겪었고 현대화 하는 개발에 밀려 지금은 뿔뿔이 흩어져버렸고, 얼굴조차 기억나지 않는 초등학교 동창들 중에서 그래도 비교적 가깝게 지내오다가 지금은 A시市의 같은 아파트에서 살고 있는 유일한 친구다

H와 내가 같은 아파트에 살게 된 데에는 나름대로 연유가 있다. 서울 시내 전화국에 근무하고 있던 H가 우연인지 A시市전화국의 과장으로 부임해왔다. 두 사람에게는 A시市가 다같이 타향이었지만 서로 의지하고 지내다 보니 그런대로 정이 들었다. H가 정년퇴직을 한 후 여생을 같이 지내자고 내가 살고 있는 아파트 이웃층으로 아주 이사를 해온 것이다.

목욕하기를 좋아하는 나와 H는 쉬는 날이면 가끔 목욕탕을

찾는 것이 낙樂 중의 하나였다. 하루는 마침 일요일이어서 H와 나는 동네에 있는 목욕탕으로 갔는데 그날따라 손님들이 제법 있었다.

여탕은 어떤지 모르겠으나 한국 여인들의 다소곳한 성격이나 예절바른 행동으로 보아 상당한 품위와 질서가 있으리라고 미루어 짐작을 해본다.

그러나 남탕의 풍경은 좀 다르다. 마치 거시기 부분의 위용을 과시라도 하려는 듯 알몸으로 탕안을 헤집고 다니기 때문에 왜소한 사람은 기가 죽을 판이다. 게다가 물만 한 두번 대강 끼얹고 그대로 탕 안으로 들어가는가 하면 비누칠을 끝낸 수건들을 그냥 바닥에 내던진 채 두는 경우가 있어 있어 넘어지지 않도록 여간만 조심을 하지 않으면 안 된다

나와 H는 목욕탕에 가면 땀 빼기를 좋아한다. 그 목욕탕에는 탕 바닥보다 조금 높게 4각 침상 모양의 콘크리트 구조물을 만들어 놓았는데 콘크리트 속에 온돌파이프를 깔아놓아 바닥이 따뜻해서 그 위에 한참 누워있으면 온몸에서 땀이 줄줄 흘러내리게 된다. 어른들 6~7명이 누울만한 면적이었는데 마침 두 사람이 누울 수 있는 자리가 비워 있었다.

우리는 얼른 그 빈자리를 차지하고 나란히 누웠다. 등허리가 따뜻한 것이 세상에 부러울 것이 없는 것처럼 편하기 이를 데 없었다. 그러나 얼마나 되었을까? 한참을 누워있으려니 온몸에서 땀이 비오듯 흐르는데 등허리가 뜨거워지면서 답답해서 더이상 견딜 수가 없었다. 옆에 누운 H를 보니 기분 좋게 코까지

골면서 제법 깊은 잠에 빠진 것 같았다.

나는 슬그머니 일어나 샤워를 하고 냉탕으로 들어갔다.

몸을 담그는 순간 짜릿한 차가운 물의 온도가 정신까지 맑게 해주는 것 같았다. 잠시 있다 온탕으로 옮겨갔다. 이렇게 냉탕과 온탕을 몇 번 옮겨 다닌 후 H가 있는 콘크리트 침실로 갔다. H는 그때까지 자고 있었으며 여섯 명의 남자들이 수건 한 장 덮지 않고 알몸으로 누워있었는데 하나같이 자고 있는 것처럼 눈들을 감고 있었다.

나는 잠시 서서 열병을 하는 것처럼 이들을 내려다보니 모두가 따뜻한 바닥 위에 누워 땀들을 흘리고 있었는데 거시기 부분들이 마치 가래떡처럼 축 늘어져 있었다. 나는 불현듯 장난기가 발동해서 마치 동심으로 돌아간 기분으로 H에게로 다가갔다. 그리고는 나의 엄지와 검지로 그의 거시기 부분을 잡고 "야 임마 일어나 너무 오래 있어서 몸이 익어 버리겠다."고 소리치면서 손에 잡은 것을 흔들어댔다. 그러자 누워있던 사람이 놀란 토끼처럼 깜짝 놀라 일어나는데 아니 '이럴 수가?' 그는 H가 아니었다. 교통사고로 인한 망막박리즘으로 인해 2~3미터 밖에 있는 사람의 얼굴을 식별하지 못하는 나의 시력이 문제였다. 알몸에다 눈을 감은 채 누워있으니 분명히 H라고 믿은 것이다. 영문을 모른 채 일어난 그는 나를 이상한 사람으로 취급하는 듯이 노려보았다. 그때의 황당하고 망신을 당할 뻔한 일은 지금 생각만 해도 등골에서 땀이 흐를 정도이다.

나는 "죄송하다"는 사과와 함께 자초지종을 설명하고 "탈의실에 가서 옷장 안에 있는 시각장애인증을 가져다 보여드리겠다." 면서 장황스러운 말로 최선을 다해 그를 이해시키려고 온갖 노력을 다했다. 아무 말 없이 나를 바라보던 그는 '나이깨나 먹은 것 같은 내 모습이 그런 나쁜 짓을 할 사람 같지는 않아 보이고' 또 나의 설득작업이 진실성이 어느 정도 전달되었는지 못마땅한 듯이 입맛을 다시고 나서 기분이 썩 좋지 않은 표정으로 일어나더니 아무 말 없이 다른 곳으로 가버렸다. 그제서야 휴~하고 한숨을 내쉬고는 정신없이 그 자리에 앉아있는데 "야 너 뭐하고 거기 앉아있어?" 하면서 H가 나타났다. 내가 일어난 뒤 그도 일어나서 사우나실에서 땀을 더 뺀 후 냉탕에 있다가 왔다는 것이다.

내가 어렸을 때 아버지를 따라 목욕탕에 간 일이 있었다. 그때만해도 샤워나 목욕시설을 갖추어 놓은 가정집이 거의 없었고 생활 형편들이 어려워 잘해야 한 달에 한 번 아니면 몇 달에 한 번 동네 목욕탕에 가서 묵은 때를 벗겨내던 시절이었으니 섣달그믐이면 몸을 깨끗이 하고 새해를 맞기 위해 목욕탕은 붐비고 바빴었다.

그러나 그 붐비는 탕 안에서도 다른 사람에 대한 배려와 예절은 깍듯했었다. 탈의실에 옷을 벗어 놓고 탕으로 들어 갈 때에는 수건으로 아래를 가렸고 샤워 설비가 없었던 때라 욕조안의 물을 다른 사람에게 피해가 안가도록 조심조심 바가지로 떠내어서 깨끗하게 몸을 씻고 욕조 안으로 들어갔다. 욕조 안에 앉아서는 목만 물위로 내놓고 눈을 지그시 감은 채 "하나에 가서는 둘이요 둘에 가서는 셋인데 셋에 가서는 또 다섯이로구나…" 하면서 작은 소리로 박자를 맞추어 백이나 2백까지 세면서 몸의 때를 불리고 나면 땀이 비오듯 흐르고 지쳐버려서 욕조에 네 활개를 펴고 누워있는 일이 있었는데 그때는 반드시 수건으로 기시기 부분을 가렸었다. 그 옛날 목욕문화가 이제 와서 새삼 소중하게 생각되는 것이 무엇 때문일까?

제 2 부

에 세 이

 # 청계천을 걸으며

21세기로 접어든 지도 벌써 6년이 지난 1월 6일 저녁 6시 30분. 1년 중 낮이 가장 짧다는 동지를 지낸지 얼마되지 않아서 그런지 밖에는 벌써 어둠의 장막이 깔렸다.

3·1빌딩 31층에 있는 스카이라운지 25번 좌석 여섯 석을 48년 전 고등학교를 함께 졸업한 '7건회' 회원들의 신년인사 모임을 위해 회장인 J씨가 미리 예약해 두었었다.

창밖을 내다보니 발아래로 수없이 많은 별들이 깔린 것처럼 서울의 야경은 찬란하고 아름다웠다. 특히 25번 좌석에서는 아름다운 청계천의 전경을 한눈에 내려다 볼 수 있었다. 청계천을 따라 양쪽 천변에 심어놓은 가로수에는 수없이 많은 장식용 꼬마전구를 설치해서 불을 밝혀 놓은 것이 청계천을 따라 길게 끝없이 늘어서 있어서 마치 청계천을 꽃길로 그려 놓은듯했다.

그날 참석한 인원은 6명이었는데 홍안에 까까머리였던 학창시절이 꼭 어제 같건만 앞에 앉아있는 친구들은 70대이거나 70을 내일로 바라보는 늙은이들이었다. 6명중에서 보청기를 사용하는 친구가 2명이나 있었다. 그래도 고등학교 동창들이 좋은 것은 졸업 후 종사했던 지위의 높고 낮음이나 재산이 있고 없고를 떠나서 50여 년 전 책가방을 들고 다닐 때의 기분으로 돌아갈 수 있다는 것이다. 다른 사회의 인간관계에서는 찾아볼 수 없는 일 같았다. 만나면 금방 어렸을 때 학창시절 기분으로 돌아가 부담 없이 서로 말을 놓고 할 수 있는 것이 동창사이다.

31층 스카이라운지는 뷔페식당으로 음식도 맛깔스러운데 값도 싸서 낮에는 1인당 9,900원 저녁에는 13,000원을 받는다고 했다. 분위기도 고급스러운 것이 기분이 꽤 괜찮았다.

그럭저럭 식사가 끝나고 서로 간에 그리고 몇몇 동창들의 근황을 이야기 하다가 "모처럼 만났는데 청계천을 좀 걸어보는게 어때?" S씨가 제안을 했다. 그러자 회장인 J씨가 "그렇지 않아도 복원된 후 청계천이 어떻게 변했나? 옛날을 회상하며 친구들끼리 같이 걸어보려고 모임장소를 이곳으로 정한거야. 식사도 끝냈으니 같이 한 번 걸어보자구" 맞장구를 치는 말에 모두들 "그게 좋겠다"면서 식당을 나와 청계천으로 내려갔다.

개천 양쪽으로는 콘크리트 옹벽을 설치해놓았는데 가로등 불빛에 비치는 벽면에는 옛날 왕조시대 임금님의 행차도를 조각해놓았고 가운데로는 맑은 개울물이 '졸졸' 소리를 내며 흘러내려가고 있는데 개울가에는 겨울철이라 누렇게 시들은 잡초들이 무성하게 깔려있었다.

개울가의 잡초와 옹벽사이로 사람들이 다니도록 길을 만들어 놓았는데 우리는 광화문 쪽으로 방향을 잡아 걷기 시작했다. 옹벽 위로 좌우에 우뚝 우뚝 하늘을 찌를 듯이 서있는 빌딩들에는 제삭기 환하게 불을 밝혀놓았는데 여기가 과연 서울인지? 어느 외국에 와있는 것인지 한동안 분간이 되질 않는다. 코트 주머니에 손을 넣고 걷노라니 하늘과 불빛 요란한 빌딩숲들만 좌우로 보일뿐 여기가 어디쯤인지 대중을 할 수 없었다. 개천을 가로질러 설치한 다리 밑을 통과해 좀더 걸어가자니 길옆에 쉬어가는 벤치가 놓여있고 젊은 연인 둘이서 추위를 녹이려는 듯 바짝 붙어 앉아 사랑을 속삭이고 있었다. 아름답고 정겨운 모습이었다. 앞으로 걸어 나가는 동안 사람들 수가 점점 많아졌는데 날씨가 추워서 그런지 나이든 사람들보다는 젊은층의 청소년들이 대부분이었다.

개천에는 산책을 하는 사람들이 건너 다닐 수 있도록 커다란 돌로 징검다리를 만들어 놓았는데 흘러가는 물결이 돌에 부딪히면서 자그마한 물보라를 일으키고 있었다.

이윽고 희끗희끗 눈발이 흩날리기 시작했는데 많은 양은 아니었으나 환상적인 분위기를 연출해주었다.

"까르르 까르르" 개울가에서 혹은 징검다리를 딛고 서서 개천을 배경으로 사진을 찍는 청소년들은 한없이 즐거운 표정이었다.

분위기에 취해 좀더 앞으로 걸어 나가니 또 하나의 다리가 나타났는데 형형색색의 조명으로 장식해 놓은 것이 어찌 보면 유럽이나 중국의 웅장한 성城처럼 보이고 또 어찌 보면 휘황찬란한 왕궁처럼도 보이는 것이 말로만 듣던 '루미나리에'였다. '루미나리에'의 조형물과 청계천에 비친 도시 야경이 어우러져 말 그대로 환상의 공간을 만들어 놓고 있었다.

'루미나리에'는 16세기 후반 르네상스시대에 이탈리아에서 시작된 빛의 축제로서 빛 축제의 기원이며 다양한 디자인의 구조물에 색색의 빛과 전구로 채색하여 환상적인 삼차원의 예술 공간을 만들어 축제의 밤을 감동의 빛으로 아름답게 밝혀 주는 것이라고 한다.

이곳에서는 상주하는 사진사들이 사진 찍기를 권하였다. '얼마냐?'고 물으니 여섯 장에 3만원 내란다. '이제 다 늙어 보기 싫은 얼굴에 사진은 찍어서 무엇 하느냐'고 사양한 채 한참을 더 걸으니 청계천에 방수가 시작되는 동아일보 앞 광장에 이르게 돼서 청계천 산책은 이것으로 끝이 났다.

원래 청계천은 서울 서북쪽에 위치한 인왕산과 북악산의 남쪽 기슭 그리고 남산 북쪽 기슭에서 흐르는 물들이 중앙에서 만나 서쪽에서 동쪽으로 종로구와 중구 사이를 가르며 서울의 중심부를 흘러 왕십리밖 '살곶이 다리' 근처에서는 중랑천과 서쪽으로 흐름을 바꾸어 한강으로 빠지는 개천이었다.

그러다가 이 유역에 인구가 집중되자 하천은 점점 오염되어 갔고 우리들이 고등학교 재학시절에는 청계천이 썩을 때로 썩어가고 있었다. 그러던 중 그 대책으로 등장한 것이 1958년 6월부터 청계천을 완전히 콘크리트로 덮어버리는 복개 공사였다. 그 후 1976년 복개된 청계천을 차도車道로 이용하면서 고가도로까지 완공시켜서 도심교통의 요충지 역할을 담당하게 되었다.

그러나 주한 미군은 복개된 청계천의 메탄가스 발생으로 인한 폭발 사고를 우려해서 이곳의 통행을 자제하도록 조치를 했었다고도 한다. 어찌됐건 교통의 흐름에는 많은 도움이 됐을런지 모르나 회색빛 콘크리트 구조물의 흉물스러운 모습과 분진, 가스 등의 발생으로 답답하고 숨이 막힐 것 같은 환경이었는데 이렇게 생태계가 다시 살아나고 자연이 숨 쉬는 아름다운 공간으로 다시 복원되면서. 우려했던 교통대란도 발생하지 않은 것은 국제적으로도 그 유례를 찾아 볼 수 없는 일이다.

지난 50여년 사이에 썩은 물이 정체되어 냄새를 풍기며 흐르던 청계천과 그 복개공사를 진행하던 모습, 그리고 오늘의 이 아름다운 모습을 차례로 보면서 새삼스럽게 세월의 무상함을 느끼지 않을 수 없었다.

상념에 잠겨 있는 동안 희끗희끗 내리던 눈은 어느새 함박눈으로 변했고. 보도 위에는 흰 눈이 수북이 깔렸다. "조심해 넘어지지 않게" "주머니에서 손을 빼" 어쩌고 하면서 서로가 주의를 환기시키며 몸의 중심을 단단히 잡고 조심스럽게 걸었다.

그때 옆을 지나던 한 무리의 젊은이들이 "와~ 함박눈이 내린다." "와~ 환상적인데" "하. 하. 하~ 까르르. 까르르" 와자지껄 웃어 대면서 그렇게 즐겁고 좋아할 수가 없었다. 그러다가 한 사람이 미끄러져 '꽝' 하고 벌렁 나가 자빠졌다. 그러나 그는 얼른 일어났고 주위 친구들은 그 모습을 보고 더욱 즐거운 듯이 웃어댄다.

부럽다. 우리에게도 저런 시절이 바로 어제 있었던 것 같은데, 세월을 이기는 장수가 없다. 청춘! 듣기만 해도 가슴이 뛰고 힘이 용솟음치는 것 같다. 청계천이 복원돼 새 생명을 얻은 것처럼 우리도 청춘으로 되돌아갈 수는 없을까?

초저녁에 시작한 눈은 점점 더 거세게 내리고 있다. 마치 지저분하고 보기 흉한 것들을 다 묻어 버릴것처럼.

낙엽을 밟으며

"단풍잎 하나 떨어지는 것을 보고 이제 가을이 오나보다 생각한 것이 엊그제 같은데, 가을이 벌써 이렇게 깊었네." 지난 일요일 등산길에서 Y씨가 무심코 중얼거린 말이었다.

그러고 보니 며칠 전까지만 해도 온 산을 불태울 것 같이 울긋불긋 화려하게 물들었던 나뭇잎들이 낙엽으로 떨어져 내려 등산길에 수북하게 깔려 쌓여있었다. 예전 같으면 서울근교에 이렇게 낙엽이 쌓이도록 내버려 두지를 않았을 것이다. 땔감 마련을 위한 갈퀴질에 남아났을 리가 없다.

끝없이 계속되는 등산길에 쌓인 낙엽을 밟고 걸으면서 나도 모르게 깊은 상념 속에 빠져 들어갔다. 똑같은 낙엽을 밟으면서도 사람들은 저마다 처지에 따라 느끼는 것이 각기 다를 것이다. 나날이 올라가는 유류와 원자재 값, 그리고 어려운 경제 속에 겨울날 걱정이 앞서는 중소기업인, '가을비 우산 속'에서 생겼던 인연을 그리워하면서 낙엽에나마 애틋했던 사연을 띄어 보내고 싶어지는 어느 연인들, 그리고 "저 낙엽들이 다 돈이었으면 얼마나 좋겠나?" 하고 생각하는 빚 독촉에 시달리는 사람…… 등등.

그러나 우리들 생활 주변의 잡다한 이런저런 사연보다는 말없이 가르쳐 주는 자연의 섭리에서 소중하고도 값진 교훈을 배울 수 있었던 것이 이날 등산의 커다란 소득이었다고 나는 생각한다.

첫째 : 자연은 정직하고, 원칙을 지키는 절대적인 존재이다.

매년 10월이면 어김없이 설악산에서부터 단풍이 물들기 시작해서 오대산, 내장산을 거쳐 지리산, 한라산까지 남쪽으로 내려가면서 전국의 모든 산과 들, 그리고 가로수까지 울긋불긋하고 노오란 옷으로 바꿔입는다. 그것도 산山 정상에서 시작해서 중턱으로, 그리고 아래 부분으로의 순서대로 단풍이 물들기 시작한다. 나무에 따라서는 위로부터 단풍이 드는 느티나무와 아래로부터 채색되는 플라타너스가 있다.

이윽고 11월이 되면 화려함을 자랑하던 나뭇잎들은 누렇게, 혹은 검붉은 색으로 퇴색된 채 낙엽으로 떨어져 내리는 것은 변할 수 없는 대자연의 원칙이요, 섭리인 것이다.

그래서 "단풍은 왜 남쪽에서 시작해서 북쪽으로 물들어 가지 않느냐?"라던가 "단풍은 왜 12월에 물들면 안 돼느냐?"는 식의 시비나 이의를 제기하는 사람이 있으면 정신이 좀 이상한 사람으로 취급받을 수도 있다.

둘째 : 푸른 녹음을 자랑하면서 우리들에게 신선한 산소를 공급해주고 시원한 그늘을 만들어 주던 그 푸르름도 결코 영원한 것이 아니다. 자연의 섭리에 따라 언젠가는 낙엽으로 떨어져 땅에 깔리고 사람들의 발길에 밟히고 마는 것이다. 마찬가지로 인간의 수명도, 권력도 결코 영원할 수는 없다. 하물며 재산이란, 인생을 살아가는 도중에 잠시 빌려 쓰다가 놓고 가는 것일 뿐 영원한 자기의 소유물이 될 수 없는 것인데, 권력과 재산에 연연해서 그것이 인생의 전부인 줄 알고 아귀다툼하며 살아가는 인간의 어리석음은 얼마나 큰 착각일까?

셋째 : 자기를 희생해서 후대에 살아남으려는 자연의 섭리를 배워야 한다. 낙엽이 지는 가장 큰 이유는 '나무의 수분을 보존하기 위해서'라고 한다. 나뭇잎을 통해서 엄청난 분량의 수분이 증발하는데, 겨울에는 흙이 얼어 뿌리에 수분 공급이 중단되기 때문에 낙엽으로 떨어져 내려 수분의 보존을 도와주고, 떨어져 내린 낙엽은 다시 뿌리로 돌아가 다음해에 태어날 새 생명을 위해 영양분을 공급해 주는 것으로 자신의 역할을 다 하는 것이다.

"획—" 바람이 몰아치자 우수수 하고 낙엽이 떨어져 내리는가 하면 땅 위에 깔렸던 낙엽들이 어지러히 흩어져 날아간다. 이제 저 낙엽들은 두 가지 길을 선택할 것이다. 그 중 하나는 한 줌 흙으로 돌아가는 것이고 또 하나는 새로 태어날 새 생명을 위한 영양분으로서의 역할을 다하는 것이다. 인간도 수명을 다하고 나면 마찬가지로 한 줌 흙으로 돌아간다. 그러나 후세를 위한 역할은 죽어서보다는 살아생전生前에 잘해야 되는 것이다. 이것이 낙엽과 인간이 다른 점이다. '독립운동'을 했느냐? '친일행위'를 했느냐에 따라 후세에 미치는 영향은 엄청나게 큰 것이다. 수단방법 안 가리고 돈을 모아 남기게 되면 후세에게 약이 되기보다는 독이 되는 수가 더 많다. 그러나 자연의 섭리를 얕보고 자만하는 불쌍한 중생들이 바로 우리 인간이다.

"나는 떠오르는 태양"이라느니, "서쪽 하늘을 벌겋게 만들겠다"고 떠들던 사람들은 지금 어디서 무슨 생각들을 하고 있을까?

# 아버님께 올리는 글

"아버님!, 이렇게 한 마디만 불러보아도 목이 메이는 듯, 그리움과 함께 죄스럽고, 회한悔恨의 감정이 복받쳐 올라 가슴이 아려오는 것 같습니다.

돌아보니 아버님께서 세상을 뜨신 지도 어느새 27년이 되었습니다. 그동안에도 저는 아버님께서 항상 곁에 계시는듯한 착각 속에 살아와서 그런지 이렇게 긴 세월이 흘렀다는 사실에 새삼 놀라고 있습니다. 해가 서산으로 넘어가 땅거미가 질 무렵이면 어디에선가 꼭 들어오실 것만 같습니다. 이제는 가족 중에서 제가 제일 윗사람으로서의 역할을 해야 하는데, 어려운 일이 있을 때에는 제 뒤에서 병풍처럼 감싸주고 계실 것 같은 아버님께 의지하고 싶은 마음이 간절하곤 합니다.

며칠 전 '어버이날'이었습니다. 손주들이 가슴에 달아준 꽃을 보면서 아버님 생각이 간절했습니다. 이렇게 꽃이라도 달아드릴 아버님께서 이 세상에 계셨으면 얼마나 좋겠습니까?

아버님! 진심으로 존경합니다. 만일, "이 세상에서 가장 존경하는 사람이 누구냐?"고 묻는다면, 저는 나폴레옹보다도, 에디슨보다도, 이순신 장군보다도, 아버님을 가장 존경한다고 서슴지 않고 대답하겠습니다.

그것은 아버님께서 돈 많은 부자였고, 저희들을 호강시키면서 키워주셨기 때문이 아닙니다. 아버님은 오히려 누구보다도 가난하셨고, 그렇기 때문에 학교에서 수업료 납부통지서가 나왔을 때, 집안에 우환이 있었을 때, 관·혼·상·제 등 큰일이 있을 때마다 머리맡에서 한숨 쉬시며 걱정하시는 말씀과 모습들을 자는 척하고 지켜보면서 자랐습니다. 이런 가운데서 고생스러운 삶을 답답하게 생각하시던 어머니께서는 "윗돌을 빼서 아랫돌을 괴는 답답한 사람"이라고 아버님의 무능함과 고지식함을 탓하셨지요…… 그 어머니도 이제는 안 계십니다.

또 한 가지 제가 아버님을 존경하는 이유로, 공부를 많이 하셨고, 그로 인해 크게 출세하셨기 때문이 아닙니다. 아버님께서는 누구보다도 배우지 못한 한을 품고 일생을 살아오셨습니다. 제사 때가 되면 축문과 지방을 쓰기 위해서 집안 아저씨를 모셔 와야 했고, 그 때문에 그 아저씨에게 환심을 사기 위해 특별히 신경을 쓰셨는데, 부득이한 사정으로 그 아저씨께서 못 오실 때는 제사를 모실 수 없어서 속상해 하고 한숨지으시는 아버님의 모습을 답답한 마음으로 바라보면서 저는 어린 시절을 보냈습니다.

철이 들기 시작하면서 저는 아버님의 맺힌 한限을 조금이라도 풀어드려야겠다고 생각해서 축문과 지방 쓰는 법을 배우고 익혀서 제가 그 몫을 담당하게 됐을 때 아버님께서 흐뭇해하고 기뻐하시던 모습은 지금도 잊을 수가 없습니다.

그 후, 경제적으로도 윤택한 가정을 만들어 아버님의 고달픔을 덜어 드려야겠다는 욕심에 종사해오던 공직을 그만두고 사업에 뛰어들었습니다. 그러나 돈 없고, 경험 없고, 밀어주는 사람도 없는 살벌한 싸움터에서 약삭빠르지 못한 제가 살아남을 수 있는 길은 없었고, 결국은 실패하고 말아 아버님을 모시기는 커녕 생전에 겪어보지 못하시던 곤욕과 수난을 당하시는 고통을 끼쳐드렸고, 집과 모든 것을 내 놓고 거리에 나앉는 처지가 돼버리고 말았습니다.

천신만고 끝에 재기해 보겠다고 동업자同業者와 같이 조그만한 사무실을 차리고 난 후 어느 날이었습니다. 생전 처음으로 아버님께서 전화를 주셨지요. 동업자가 저에게 전화기를 건네주면서 "아버님 전화신데 받으세요. 연세에 비해서 젊은 사람 못지않게 참 음성이 힘차시네요." 하고 말했습니다.

이제까지 한 번도 안 하시던 전화를 주신지라 먼저 불길한 예감이 앞섰습니다. 그래서 전화를 받으면서 "아버님, 전화 바꿨습니다. 저 재중입니다. 혹시 집에 무슨 일이 있으세요?" 하고 안위 먼저 여쭤보았지요. 그때 아버님은 "아니, 별일 없다. 궁금해서 그냥 걸어봤다." 하시면서 전화를 끊으셨지만 무슨 말씀인지 하시려던 말씀을 안 하시는 것 같았습니다.

그때 저는 더 이상 깊이 생각하지 못했고, 아버님 음성에 힘이 있어 보이는 것만 다행으로 생각했습니다.

그러나 요즈음에 와서 생각하니, 그때 아버님 처지가 매우 곤궁하셔서 저에게 그에 대한 말씀을 하시려다, 저의 입장이나 형편이 어려울 것이라 생각되어 차마 말씀을 못하시고 전화를 끊어버리셨다는 것을 알게 되었습니다.

그때 아버님의 깊은 뜻을 70을 바라보는 이제 와서 깨닫게 된 우둔한 저의 가슴은 대못을 박은 듯이 아픕니다. 할 수만 있다면 그 동안의 세월을 거꾸로 돌려서 아버님 앞에 무릎 꿇고 사죄드리고 싶습니다.

아버님! 그러나 아버님께서는 저에게 너무도 큰 것을 가르쳐 주셨습니다. "윗돌을 빼서 아랫돌을 괼 답답한 분"이라고 어머님께서 늘 한탄하셨지만 아버님은 '남을 속인 일'도 없으시고 '부정한 방법으로 재물을 모으려' 하신 일도 없으시고 오로지 '정직하고, 바르게', 또 '신용 지키고 내 주제에 맞도록' 살려고 애쓰셨습니다. 또한 지금도 잊지 못하는 것은 조상님들과 국가에 대한 아버님의 경건한 자세와 마음가짐입니다. 국경일에 국기를 달 때에는 꼭 정장을 하셨고, 한 번도 흐트러짐이 없이 경건한 자세로 하셨습니다. 그리고 그 가난함 속에서도 자식들 교육을 위해 모든 힘을 다하셨습니다.

요즘같이 어려운 세상을 살아가면서 절실히 느끼는 것은 '안과 밖內外'이 다르지 않고 정직하고 바르게 살면서 남에게 폐를 끼치지 않는 삶이 얼마나 훌륭하고 필요한 것인가? 하는 것입니다. 이것이 아버님께서 살아오신 삶이고, 제가 아버님을 제일로 존경하는 진정한 이유입니다. 다행스러운 것은 형제들과 손주들이 아버님의 뜻을 받들어 자기들이 위치한 자리에서 '옳고, 바르게' 살아가려고 노력하면서 주위 사람들의 인정과 칭찬을 받고 있다는 것입니다.

끝으로 아버님께 진심으로 감사를 드리는 것은 물질적인 재산을 물려주시지 않고, 값비싼 정신적 교훈을 남겨주셔서 형제들끼리 싸우지 않고, 화합하고 서로 도와가면서 우애있게 살도록 가르침을 주신 것입니다.

아버님, 살아생전에 제대로 모시지 못하고 돌아가신 후에 아무리 잘해봐야 무슨 소용이 있겠습니까만은 아버님 뜻에 어긋나지 않도록 열심히 살아가면서 앞으로 종종 글을 올리도록 하겠습니다. 아버님! 진심으로 존경하고 사랑합니다.

장애인으로 살아가는 어려움

겉으로 보기엔 멀쩡한 것 같지만, 나는 시각장애자이다. 지금도 사고가 일어난 그 날의 악몽을 잊을 수가 없다. 1985년 4월 2일 오후 4시경이었다. 그때만 해도 안산시청 앞은 허허벌판이었는데, 그 날 봄비가 내리고 있었다. 나는 승용차 뒷 자석에 타고 시청으로부터 두어 블럭 떨어져 있는 큰 길에서 시청을 가로질러 건너가고 있었는데, 그때 시청에서 달려나오던 택시가 미처 내 차를 발견하지 못하고 내가 타고 있는 쪽의 측면을 정면으로 들이받고 말았다.

나는 그 충격으로 3개의 늑골이 골절되었고, 골반에 금이 갔는가하면 무기폐가 되는 증상을 입었었다. 그러나 정작 심각했던 것은 그 충격에 의해 눈 안에 있는 망막에 손상을 입어 '망막박리'라는 진단을 받게 된 것이다. 세 번에 걸쳐 눈 수술을 받았지만 시력이 많이 상하고 말았는데, 첫째, 시야가 좁아져서 넓게 보지를 못하기 때문에 좁은 시야의 각도를 벗어난 옆쪽에서 반갑다고 인사하는 사람을 알아보지 못하는가 하면 자동차나 오토바이 같은 것이 갑자기 옆에서 튀어나오면 그것을 보지 못하기 때문에 여간만 조심을 하지 않으면 큰일을 당할 수가 있다. 둘째, 시력이 나빠져서 조금만 거리가 떨어져 있어도 사람 얼굴의 형체만 보일 뿐 정확히 누구인지 식별하기가 힘들다. 그래도 '병신' 소리를 안 들으려고 감感을 가지고 살아가는데, 대개의 경우 그 장소에 있을 것이라고 짐작되는 사람은 알아보고 아는 체를 하지만, 전혀 예기치 못했던 사람이 그 자리에 있을 경우 알아보지를 못하고 당혹스러워 하는 경우가 종종 생기게 된다.

한 번은 아주 예의바르고 남에게 인사 잘 하는 사람이 나에게도 먼저 인사를 했는데, 나는 아는 체도 않고 그냥 지나쳐 버리고 말더라는 것이다. 그런 일이 몇 번 반복되자 "얼마나 건방지길래 남의 인사도 안 받는 놈이 있나?" 괘씸하게 생각하면서 "혼을 좀 내줘야겠다"고 벼르고 있던 그가 어느 날, 공교롭게도 술을 마시고 있는 앞을 지나가던 나에게 그는 큰소리로 불러 세웠다. 그리고는 이제까지 쌓였던 분노가 폭발한 듯 "당신이 얼마나 잘났는지 모르지만 똑똑히 굴어! 알겠어?"하고 다짜고짜 고함을 치면서 시비를 걸었다. 술이 거나하게 오른 그의 얼굴이 더욱 붉어지면서 자칫하면 사람을 칠 기세였다. 영문도 모르고 갑자기 당한 일이라 당혹스럽기 짝이 없었으나 나는 술김에 그가 주사를 부리는 것으로 알고 "아니, 평소에는 점잖은 분이 왜 이러시느냐?"고 침착하게 말하면서 국면을 잘 수습하려고 했으나, 그럴수록 그는 더욱 흥분해서 소리를 치는 것이었다. 그가 소리치는 내용을 대충 꿰맞춰보니 원인은 그가 인사하는 것을 못 알아 보고 결례를 한 나에게 있는 것 같았다. 나의 행동이 그의 자존심을 상하게 한 것이다. 그래서 나는 미안하다는 말과 함께 교통사고로 눈을 다쳐서 수술을 세 번이나 했다는 것과, 그로 인해 시력이 나빠져서 알아보지 못했다는 것을 성의를 다해 누누이 변명을 했지만 그는 끝내 이해해 주지를 않았다. 그 일이 있은 후, 생각 끝에 이런 경우에 물증物證으로 제시하기 위해 '장애자 복지카드'를 발급받아 지니고 있다.

노후 생활을 대비하기 위해 '기술자 자격증'을 가져야 되겠다 생각하고 시험에 응시했었다. 시험과목은 모두 10개 과목이었는데, 1차 시험이 객관식 형태로 7개 과목, 그 합격자에 한해서 3개 과목에 대해 주관식으로 2차 시험을 치르게 했다. 3천 6백여 명의 응시자 중에서 5백여명이 1차 시험에 합격했는데 그 중에 나도 그 악조건 속에서 최연장자로 합격의 행운을 안았다. 그러나 문제는 주관식인 2차 시험이었다. 남들은 3분이면 문제의 개요를 파악하고 나서 답안을 작성하기 시작하는데, 나는 문제를 읽는 것만도 7~8분이 걸렸다. 더욱이 계산문제는 3字가 8字같이 보이고, 2005를 205로 보고 계산문제를 풀어나갔으니 정답이 맞을 리가 없었다. 이렇게 4번을 도전했으나 낙방의 고배를 마시고 나자, 나의 신체 조건의 한계를 깨닫고 아쉽지만 그만 포기하고 말았었다.

그 후 63세에 문단에 등단해서 글을 쓰고 있으나 자료를 읽는데도 남들은 1시간이면 되는 것을 나는 5시간 이상이 걸려야 한다. 5cm~10cm 이내로 바짝 눈앞에 갖다 대고 한 자 한 자를 읽어나가야 하기 때문이다.

글을 쓰는데 있어서도 컴퓨터를 이용하면 쉽고, 빨리 쓸 수 있는 것을, 눈에 가까이 대고 보지 않으면 모니터에 나타나는 글씨와 자판이 잘 보이지 않기 때문에 한 글자, 한 글자를 싸인펜으로 그려가며 쓰고 있으니 참말로 답답하기 이를 데 없다. 한 편으로 생각하면 생각하면 한 글자, 한 글자마다 내 마음을 함께 담아 표현해내는 것 같아 보람도 있고 뿌듯한 마음을 느끼기도 한다. 그러나 요즈음 할 일은 많은데, 시력이 더욱 나빠지는 것 같아 걱정되고 조바심을 느끼기도 한다.

오늘날 사회 환경이 나빠지고 산업이 발전됨에 따라 외과적 수술을 요하는 질환과 안전사고의 발생율이 날로 증가하고 있다. 그에 비례해서 후천적인 장애인의 수도 늘어나게 되는데, 선천적인 장애인보다는 오히려 후천적인 장애인의 수가 월등하게 많다고 한다. 이제 장애인은 더 이상 별종別種의 인간이 아니며, 남에게만 일어나는 일이 아니다. 나도 언제 장애인이 될지 모르는 세상에 우리들은 살고 있는 것이다.

4월은 '장애인의 달'이다. 장애인을 비하하고 거리감을 두던 옛날 잘못된 생각은 이제 그만 버려야 한다. 그들도 나와 똑같은 사람들인 것이다. 그리고 우리의 부모요, 형제요, 자매인 것이다. 그들을 이해하고, 모든 것을 배려해주고 도와주어야 한다. 장애인 돕기를 빙자해서 오히려 그들에게 상처를 주는 행위는 삼가야 한다.

또한 장애인들도 떳떳함과 용기를 가져야 한다. 장애인이라는 것이 자랑이 될 것도 없겠지만 흉이나 허물이 될 수도 없는 것이다. 또한 생활하는데 불편하다 뿐이지, 불가능은 없다. 끝으로 한마디, '장애인에 대해 어느 정도로 배려를 해주는 사회인지가 선진국의 여부를 가름하는 척도인 것이다.'

길道

윗마을과 아랫마을 사이에는 나지막한 산山으로 가로 막혀 있었고, 그 산에는 마을 사람들이 넘어 다니면서 자연스럽게 만들어진 좁은 산길이 나있었다. 그런데 뒷동산 너머 넓은 벌판에 새로운 공공건물과 공장, 학교 등이 들어서면서 새로운 마을이 만들어졌다. 그 후 윗마을과 아랫마을 사이에는 점점 사람의 왕래가 끊기면서 산길은 잡초가 무성하게 자라고 넝쿨이 우거져 그만 없어져 버리고 말았다.

한편, 역시 산으로 가로막힌 아랫마을과 새로 생긴 마을사이에 왕래가 빈번해지자 산길을 넘어다니는 것이 크게 불편한 일로 생각되었다. 그래서 두 마을 지도자들이 모여 의논한 결과 "문명의 이기인 자동차를 타고 다닐 수 있도록 산을 깎아 차도를 건설하자"는데 의견을 모으고 백방으로 노력한 결과 그들의 숙원 사업이었던 번듯한 차도가 드디어 완공되었다.

그 결과 그들의 불편은 해소되었다. 추운 겨울에도 산길을 넘어 다녀야하는 고통이 없어졌고, 비 오는 날 자녀들을 학교까지 자가용으로 데려다주니 편하기 이를 데 없었으며, 밤이 늦어도 산길을 넘어 다녀야 할 걱정이 없어졌다. 이제, 이 두 마을은 한마을이 된 것이나 다름없었다.

그러나 무슨 일이든지 세상에는 좋은 일만 있는 것은 아니었다. 미처 생각지도 못했던 문제들이 나타나기 시작한 것이다. 이제까지 맑은 공기와 환경을 자랑하던 마을에 자동차에서 뿜어내는 매연과 먼지 공해를 맛보아야 했고, 교통사고로 마을 사람들이 불구가 되거나 생명을 잃게 되는 경우가 생겨 그들 가슴에 아픈 한恨을 심어주기도 했다. 그리고 집집마다 자동차를 마련하려다 보니 살림살이의 씀씀이와 부채는 늘어만 갔다.

사람과 사람 사이의 인간관계도 이 좁은 산길과 마찬가지여서 아무리 정이 두텁고 친한 사이라도 오랫동안 만나지 만나고 연락하지 않으면 그 관계도 단절되고 만다. "사람은 사회적 동물"이라고 갈파한 소크라테스의 말이 아니더라도, 살아가면서 때로는 외롭고 어려운 일을 당할 때마다 서로가 위로와 도움을 받고, 슬픔과 기쁨을 함께 나누면서 어울려 살아가는 것이다.

그리고 이 관계를 유지하기 위해 각종 모임이라는 것이 있다. 향우회나 동창회 같은 것이 이 같은 모임의 좋은 예例이다.

그러나 이런 모임도 많을수록 좋은 것만은 아니다. A씨의 경우를 보자, '우선 향우회가 있다. 그것도 도민회, 군민회, 면민회까지 있다. 다음에는 동창회가 있는데, 초등학교, 중학교, 고등학교, 대학교 별로 전체 동창회 외에 기期수별 동창회가 세분되어 있다. 또한 지역사회에 있는 대학 AMP과정 두 군데를 수료했더니 대학별로 총동문회, 기수별 동문회 외에 분임조 모임까지 있다. 게다가 전에 근무했던 직장의 동료들로 구성된 친목모임 몇 개, 현재 그가 하고 있는 사업에 관련된 모임이 또 몇 개가 있고, 지역사회에서 사업을 하다 보니 봉사단체에도 참여를 안 할 수가 없어 그것이 몇 군데,…… 그리고 사회교육에 참여했더니 수료생들끼리 만들어진 동문회가 또 몇 개, 이런 저런 것을 모두 합해서 참여하는 모임이 줄잡아 2, 30개가 넘는다.'

물론 모든 모임이 매월 있는 것은 아니지만, A씨는 이 많은 모임을 쫓아 다니다보면 생업인 자기 사업에 바치는 시간보다 모임에 참여하는 시간이 더 많은 비중을 차지하게 되는 때도 있는데다가 피치 못해 몇 번 참석지 못하는 모임에서는 신용불량자로 취급당하는 경우도 있다. 뿐만 아니라 이런 모임을 위해 지출되는 각종 회비와 찬조금들도 결코 만만치 않다. 생활비보다 모임에 관여하는 체면 유지비가 더 많은 비중을 차지하게 되는 경우도 많다.

그런데 이런 것들이 바람직스럽지 못한 사회 현상으로 나타나게 되는 것이 '자기과시 현상'이라 하겠다. 자기가 치르는 애·경사나 행사에 어떤 계층의 사람들이 얼마나 많이 참석했는가를 가지고 자기의 신분을 재는 잣대로 보여주고 싶어 하고,

또 이것을 근거로 그의 가치를 평가하고 인정해 주려는 사회 분위기가 문제다. 이런 거품은 우리가 하루속히 걷어내야 할 과제라고 본다.

'좁은 산길'이 나쁘기만 한 것이 아닌 것처럼, 넓은 차도車道라고 좋은 것만은 아니다. 모두가 그 나름대로의 장·단점이 있다고 본다. 새로운 만남과 모임만이 좋은 것은 아니다. 옛날 인연을 소중하게, 그리고 새로운 만남을 귀하게 여기면서, 자기가 좋아하는 모임에 상황과 능력에 맞게 참여하는 것이 참된 인간관계의 '길'이라고 생각한다.

 # 최선을 다하면,
모든 것을 얻을 수 있다

얼마 전, 일간지에 보도된 기사를 보다가 참으로 감동적인 이야기를 읽었다. 그것은 13년째 암과 투병중인 연극배우 이주실(여, 61세)씨가 이번에 대학을 졸업하고 대학원에 진학한다는, 최선을 다해 자기 인생을 살아가는 한 인간의 눈물겨운 이야기였다. 기사 내용을 소개하면 다음과 같다.

'이씨는 지난 2월 22일 충북 청원군 꽃동네 현도사회복지대학 졸업식에서 복지심리학사 학위를 받고, 이 대학, 임상사회사업대학원에 진학한다고 한다. 30여년 동안 꽃동네와 소록도, 동두천 기지촌에서 봉사활동을 해왔던 그녀는 1993년 11월 말, 유방암 판정을 받고도 연극과 봉사활동을 멈추지 않고, 사회복지를 공부하기 위해 이 대학에 입학했다.

암 3기로 "1년 밖에 살 수 없다"는 판정을 받았던 그녀는 1~2학년 때는 하루종일 누워있어야 할 정도로 고통을 겪었다. 그녀는 "시험 중 구토하고, 한 때 눈이 터질 정도로 힘들고 하혈이 반복됐다"며 "성적은 좋지 못해도 열심히 사는 모습을 보여주기 위해 이를 악물고 강의실에서 버텼다"고 말했다.

지난해부터 암을 극복했다고 생각할 정도로 건강에 자신이 생기자 연기와 봉사에 다시 정열을 쏟았다. 최근에 영화, <고독이 몸부림칠 때>, <결혼은 미친 짓이다>를 촬영한 것을 비롯해 5편의 영화에 참여했고, 올해는 연극 무대에도 설 계획이라고 한다.'

이주실씨의 이야기가 아니라도, 내가 아는 한 분이, 10년 전에 유방암 판정을 받고 한쪽 유방을 절개해 내는 수술을 받은 후, 봉사활동을 하면서 '1년을 2년으로 알고' 열심히 살아가고 있다. 우리들 주위에는 최선을 다해 역경을 이겨내며 살아가는 사람들의 모습을 흔히 볼 수 있는 것이다.

의학 전문가들의 연구결과에 의하면, 최선을 다해 살아가는 사람들은 '긍정적'인 자세가 되며 생체 리듬에 좋은 영향을 주어 건강에 큰 도움이 된다는 것이다. 반면에 질병에 대한 공포와 자포자기에 빠져서 '부정적'인 삶을 살아가는 사람들에게서는 혈압이 높아지고, 그에 따른 심장 계통 질환발생의 빈도가 높아지며, 소화기능도 떨어지고, 심한 스트레스를 받게 되어 위부분胃 部分을 촬영해 보면 두 가지 경우가 확연하게 차이난다고 한다.

최선을 다하는 모습은 참 아름답다. 그리고 모든 것을 얻을 수 있다. 가수가 무대 위에서 노래를 부를 때 최선을 다하는 모습은 보기에도 아름답지만 청중들로 하여금 자신도 모르게 그 노래 속으로 빠져들게 만들고 노래를 부르는 가수의 감정이 청중들의 가슴 속 깊이 파고들게 만들어 그 가수의 인기는 올라가고, 청중들로부터 사랑을 받게 되는 것이다.

또한 그라운드에서 경기를 하는 선수가 최선을 다하는 모습을 보여 줄때 관중들은 환호를 하고, 그는 장래가 촉망되는 스타로 떠오르게 된다.

그리고 TV 드라마에 있어서 작가나, 연출자, 출연하는 탤런트들이 각각 자기 역할에 최선을 다하게 될 때, 시청자들은 자기가 마치 그 드라마 속의 주인공인양 착각하게 되고, 가슴으로부터 울고 웃는 탤런트들의 연기에 따라 그 시간만큼온 세상의 시간이 정지된 것 같은 환각 속에서 TV 화면을 지켜보지 않을 수 없게 만드는 것이다. 이렇게 될 때 드라마와 탤런트의 인기는 걷잡을 수 없는 상한가上限價를 치게 되고, 수조원의 경제적 가치로도 계산할 수 없다는 한류열풍寒流熱風이 일본을 비롯한 동남아시아에 몰아치게 된 것이다.

연설演說 또한 마찬가지다. 최선을 다하는 연설은 청중들에게 깊은 감동을 주고 박수와 더불어 존경을 받게 된다. 때에 따라서는 역사의 물줄기를 바꿔놓기도 하고, 그 가운데의 주인공이 되기도 한다. 그러나 그렇지 못한 연설은 "말재주가 있다"는 말은 들을지언정 청중들에게 깊은 감동을 줄 수는 없는 것이다.

최선을 다하게 되면, 건강, 인기, 지위, 존경 같은 모든 것을 다 얻을 수 있다. 최선을 다한다는 것은 우리가 인생을 살아가는데 있어 그 만큼 가치있고 중요한 것이다.

가정의 구성원인 남편과 아내, 그리고 자녀들이 그들이 맡은 일에 최선을 다하게 될 때, 그 가정은 활기 있고 행복한 가정이 될 것이다. 기업도 역시 마찬가지로 그 구성원들이 각기 자기 위치에서 최선을 다하게 되면 그 기업은 성장하고 우량기업이 될 것이 틀림없다.

"우리 정치인들이 자기들 본연의 임무에 최선을 다하고, 출마할 때 국민들과 약속한 일을 지키면 무엇이 어떻게 될까?"

변화하는 리더십

내가 일곱 살 때쯤이었으니까 불과 60년 전만 해도 '라디오' 는 큰 재산이었고 대단한 존재였다.

그때 대부분의 가정에서는 마루 위 높은 곳에 선반을 매고 그 위에 잘 모셔놓듯이 라디오를 설치해 놓았다. 그리고 온 가족이 모여 앉아 라디오에서 흘러나오는 소리에 귀를 기울이고, 울고 웃었다.

혹여 시골에서 서울구경 차 올라왔던 친척 분들이 계실 때는 두 번 놀랐다는 말씀을 들었다. 우선 대낮같이 밤을 밝혀 주는 전기불(전등)에 신기해했고, 다음에는 라디오 소리에 놀랐다. 그리고 혹시 그 안에 사람이 들어앉아 소리를 내지 않나? 하고 이리저리 훑어보아도 사람이 없으니 더욱 이상할 수밖에……

이런 웃지 못 할 일들이 바로 어제 일만 같은데 짧은 기간동안 세상은 변해도 너무 변했다. 이제 네 살 밖에 안 된 손녀가 IT문화에 익숙해져 가고 있지 않은가? 나는 있을 수도 없고, 황당한 일 같지만 다음과 같은 상상을 해 보았다.

'만약에, 지금으로부터 백년 전쯤, 가장家長 노릇을 하던 분이 이제 다시 살아났다면 지금 세상에 어떻게 적응해 갈까?' 생각만 해도 참 재미있는 일들이 벌어질 것만 같다. 우선 토끼장을 케케로 얹어 놓은 것 같은 고층아파트, 그 도로 위를 활보하는 벌거벗다시피한 여인들의 모습(찜질방에서 남녀노소가 가운 하나 만을 걸친 채 같이 뒹구는 모습을 보았다면 기절초풍을 했을지도 모른다).

'비행기나 고속열차가 보편화 되어서 세계와 전국이 1일 생활권으로 변하지 않았나?' 'TV에서는 뻔히 지켜보는 사람을 앞에 두고도 별 짓을 다 하지 않나?' '버튼 몇 개를 눌러서 돈과 물건을 마음대로 주고받지를 않나?' 언제, 어디서나 핸드폰이라는 것을 눌러 상대방을 불러내서 하고 싶은 얘기를 다하는 세상……, 편리하기도 하지만 경천동지驚天動地 할 정도로 충격을 받을 것 같다.

그러나 무엇보다도 그가 가장 괴롭고 곤혹스러움을 느끼게 되는 것은 변화된 리더십이 아닐까 생각한다.

100년 전 그가 가장家長 노릇을 하던 때에 그는 한 가정에서 거의 절대적인 존재였을 것이다. 가족 중에 가장 경험과 지식이 풍부하고 판단력과 결단력도 뛰어난 것으로 가족들로부터 최상의 존경을 받으면서 결과야 잘 되든, 잘 못되든 간에 불구하고, 그의 뜻대로, 결정되던 것이 그 당시의 리더십이 아니었나싶다.

그의 리더십에는 감히 이의를 제기 하는 사람이 있을 수가 없었다. 간혹 부인이 자기 의견을 조금이라고 말하려고 할 때 "어허! 여편네가 어디를 감히 나서!" 하는 호통과 함께 눈을 부라리면 금방 숨을 죽이고 이내 잠잠해졌다. 그리고 가족들은 순종하고 그의 뜻에 따랐다.

지금은 어떠한가? 그를 그 가정에서 지식이 가장 풍부하고 판단력이 있는 존재로 인정해 주지도 않을뿐더러, 그로 인해서 진심으로 존경하고 순종하지도 않는다. 부인에게 호통치고 눈을 부라리며 순종을 요구했다가는 즉석에서 "혼자서 잘 먹고 잘 살아봐라" 하고 헤어질 것을 요구받게 될 것이다. 그리고 자녀들은 "아버님, 그런 것이 아니고 이런 것이에요." 하고 꼭 토를 달면서 오히려 그를 가르치려 할 것이다. 이제 그 옛날의 리더십은 더 이상 통하지를 않는다.

그러면 이제는 어떻게 해야 할까? 가족들의 말을 경청하고 이해하고, 존중하면서 가정이라는 공동체의 통일된 의사를 설득으로 이끌어 내어서 하나로 결집된 에너지가 제대로 추진 돼 나갈 수 있도록 최선의 노력을 다하는 것이다.

시대의 변화에 따라, 과학의 발달에 따라, 그리고 시간과 공간에 따라 '리더십'은 변화해왔고, 앞으로도 변화해 갈 것이다.

이제, 나도 새로운 리더십으로 무장하지 않으면 이 세상에서 '왕따' 당하지 않을까?

진검승부眞劍勝負

검도劍道에 대해 문외한인 내가 감히 '진검승부' 운운云云하는 것 자체가 말이 안 되는 줄 안다. 그러나 나는 지금 검도에 대한 이야기를 하려는 것이 아니다. 내가 이제까지 살아온 길을 되돌아 볼 때, 항상 진검眞劍을 가지고 맞서는 팽팽한 긴장감속에서 살아오지 않았나? 하는 생각이 든다. 그래서 나의 삶이 더 힘겹고 어려웠는지도 모른다.

검도란, 원래 전투의 수단으로 생겨났고 발전돼 왔으나 현대에 와서는 정신수양과 신체단련을 목적으로 하는 스포츠로 각광을 받고 있으며 검劍으로는 죽도竹刀를 사용 한다고 한다.

그러나 일본 무협소설에 등장하는 옛날 검객들의 이야기를 보면, 어느 정도 경지에 도달한 검객들이 검술 연마를 위해 전국을 돌아다니며 적수를 찾아내 대결을 했는데 이때에는 진검眞

劍을 사용했다고 한다.

자신의 생명을 담보로 하고 수없이 많은 생生과 사死의 선을 넘나드는 장면을 손에 땀을 쥐고 심취해서 읽었던 기억이 되살아난다. 자칫 방심했다가는 상대방의 칼날 앞에 생명을 잃게 될지도 모를 상황에서 그들은 얼마나 긴상된 삶을 살았을까?

내가 교통사고로 망막에 손상을 입어 시각장애자가 된 후, 2m~3m 앞에 있는 사람이 형체만 보일 뿐 얼굴을 식별하기가 어려워졌을 때부터 나는 항상 진검승부를 하는 팽팽한 긴장감 속에서 살아야 했다. 예를 들면, "어느 장소에는 누가 있을 것이다"하는 예감을 가지고 긴장하게 되면 상대방의 윤곽이 그처럼 보이게 되어 건강한 사람처럼 처신을 하게 되지만, 전혀 예견치 못했던 사람이 있을 때에는 당황하고 병신 짓을 하는 낭패를 당하는 경우가 종종 있기 때문이었다

그런 시력 때문에 대개는 사양하는 편이지만 부득이해서 결혼식 주례를 하게 되는 때에는 이만저만 긴장하는 것이 아니다. 주례석 연단 위에 펴놓은 '혼인서약'이나 '성혼선언문' 같은 커다란 글씨가 10센티미터 정도로 바짝 머리를 숙여서 가까이 보지 않으면 읽을 수가 없는 것이다. 그렇다고 남의 경사를 망칠 수는 없고 해서 혼인서약을 비롯한 신랑, 신부 또는 그 가문의 내력까지를 전부 암기해 가지고 서야 결혼식장을 갈 수 있었다.

강의講議를 하게 될 때 받는 스트레스는 더욱 크다. 지난날 업

무상 관련이 있던 협회에서 2주에 1회씩 100분간의 강의를 몇 년 동안 맡아 한 일이 있었는데, 강의 내용 줄거리와 순서, 각종 데이터의 숫자 같은 것을 사전에 교안으로 작성해서 봐가면서 강의를 진행해 나가야 하는데 시력에 자신이 없는 나는 그것을 사전에 전부 암기해야만 했다. 그래서 1시간을 강의하기 위해 1주일이나 열흘간의 준비기간이 필요했었다. 그리고 M대학에서 100분 특강을 요청받고 사전에 교안을 작성해 학교 측에 제출했으나 정작 나 자신은 강의 도중 연단에 펴놓은 교안이 보이지를 않아 한 번도 보지 않고 강의를 진행한 일이 있었다.

그러나 그 강의가 수강생들의 진지한 관심과 호응 속에서 성공리에 마치게 되었을 때 느끼는 성취감은 느껴보지 않은 사람은 모를 정도로 컸다.

그런 생활 속에서 나는, 나도 모르게 완벽주의자가 되어갔다. 글을 쓰는데 있어서도 남들은 몇 시간이면 써내는 칼럼 한편을 나는 하루, 어떤 때는 1주일을 가지고 고생을 해야 하는 경우가 다반사였으니 얼마나 팽팽한 긴장 속에서 어려운 삶을 살아 왔나 싶다.

이제 나도 진검眞劒을 버리고 죽도竹刀를 들고 싶다. 그래서 상대편이야 맞던지 안 맞던지 상관없이 공격할 때는 마음껏 공격하고, 맞을 때는 죽도록 맞아서 이제는 꼭 해내야한다는 긴장감과 반드시 이겨야한다는 강박감에서 해방돼서 자유로워지고 싶은 것이다.

나의 신체적 장애를 모르고 주례를 부탁하고, 혹은 강의를 부탁해주신 여러분에게 그 뜻을 받아들이지 못했을 때 송구스럽고 미안한 마음을 자책하면서 나는 생각해본다.

　'나를 그만큼 사랑하고 아껴주시는 분들께 크게 실망을 드린 것은 아닐까?', '1등을 하면 이렇고 2등을 하면 어떤가?' 과히 큰 잘못만 하지 않는다면 나를 필요로 하는 모든 분들께 고마운 마음으로 그 뜻을 받들어 봉사하는 것이 참 삶을 살아가는 자세가 아니겠나?

　진검승부眞劍勝負. 나는 이제 진검을 놓고 싶다. 아직까지 그것을 놓지 못하고 긴장 속에서 살아가야 하는 나 자신이 안쓰러울 뿐이다.

금연결단禁煙決斷

이제는 먼 옛날 얘기처럼 생각되지만, 줄담배를 피워서 골초 취급을 당하던 내가 담배를 끊기까지에는 수없이 많은 결심과 포기의 반복, 그리고 이에 따른 자기 합리화와 또 다시 결심, 갈등, 결단 등 많은 과정을 겪어야 했다.

고등학교를 졸업 하면서 청소년 취급을 면하고 어른이 됐다는 설레임 속에서 멋모르고 배운 담배가 군대에 입대하면서 '화랑담배' 연기 속에 완전히 골초가 되어버렸다.

식사 후에는 으레 한대 피워 물어야 입안이 개운한 것 같았고, 공문서라도 하나 기안하려면 한 대 피워 물어야 정신이 집중되었는데 도중에 문장이라도 막히게 되면 또 한 대를 피워 물었다.. 이래서 좋은 일이 있어도 한 대, 기분이 나빠서 또 한 대, 습관적으로 담배를 입에 물고 살게 되었다. 양복 호주머니

속에 담배가 없으면 세상이 텅빈 것처럼 허전하고 불안한데, 담배가 두어 갑 들어 있을 때는 세상이 온통 내 것 같고 부자가 된 기분이었다. 완전히 니코틴 중독자가 된 것이다.

그래서 건강진단을 받을 때면 의사로부터 "담배를 끊으라"는 경고를 받았고, 아내로부터도 "간접흡연도 똑같은 해로움을 준다는데 가족들을 생각해서 담배를 끊으라"는 권고와 잔소리를 여러번 듣기도 했다.

나 자신이 답답할 때 뿜어내는 담배 연기 속에서 조금이나마 시원함을 느낄 수 있지 않나 해서 계속 줄담배를 피우다 보면 오히려 가슴속과 목구멍이 담배 댓진으로 덧칠을 한 것처럼 더욱 답답해지는 가운데 심한 경우 헛구역질까지 나면서 입에서는 심한 악취가 나는 것을 느꼈다.

이런 가운데 담배를 끊어야겠다는 결심을 하게 됐다. 그리고 그 방법으로는 점차적으로 담배를 피우는 양을 줄여가다가 막판에 가서 자연스럽게 담배를 끊겠다는 계획을 세웠다.

우선 하루에 두 갑씩 피우던 것을 한 갑으로 줄이기로 작정하고 실행에 옮겼다. 그런데 여기서 문제가 생길 줄이야. 전에는 어느정도 피우다가 반 토막쯤 남으면 미련없이 내버리던 것을 불을 끈 다음 꽁초를 소중하게 주머니에 보관했다가 다시 꺼내서 필터가 닿는 끝부분까지 다시 태웠다. 그러니까 담배는 하루에 한 갑으로 줄었어도 태우는 양은 줄지 않았을 뿐더러 주머니까지 꽁초로 지저분해지고 담배 냄새에 절어 버렸다.

그래서 다음에는 담배 한 개를 두 토막으로 잘라 피웠다. 그랬더니 몇 모금 빨고 나면 감질만 나서 담배 피우는 빈도가 더욱 잦아져서 결국 모두 실패로 끝나고 말았다.

그 후 나는 담배를 끊겠다는 계획 자체를 포기하고 자기합리화를 했다. "내가 존경하는 도산 안창호 선생도 금연을 결심 하셨다가 동지가 일경日警에 붙잡혀 갔다는 말을 들으시고 속이 상한 나머지 담배를 다시 피우셨다는데. 하물며 나같이 하찮은 사람이 구태여 그 어려운 금연을 하려고 애쓸게 뭐람……?"

그러던 어느 날 뜻하지 않은 대형교통 사고로 인해 중상을 입고 '절대안정'이란 팻말을 침대에 매단 채 반듯하게 누운 자세로 대·소변을 스스로 하지 못하는 병상생활을 해야 했다.

그렇게 1년여를 병원에서 입원 생활을 하는 동안 담배를 못 태우다 보니 자연스레 담배를 끊게 된 것이다. 퇴원 후 어렵사리 끊은 담배를 이참에 아주 끊어버려야겠다 싶어 담배를 일체 입에 대지 않았다. 얼마간을 그렇게 지내면서 담배 끊게 된 것을 퍽이나 대견스럽게 생각했다.

하루는 내가 도급받아 시공 중에 있는 신축호텔의 공사 진행 상황을 점검하기 위해 현장으로 갔다. 아직도 완쾌되지 않은 다리 때문에 목발을 집고 현장을 돌아보다가 건축주인 C회장을 만났다. 그는 반갑다고 "병상 생활에 얼마나 고생이 많았느냐?"고 위로하면서 담배 한 대를 권했다. 그 때만 해도 인심 중에 담배 인심이 가장 후했던 것으로 우선 한 대를 권하고 보는 것이 예의였다.

나는 "병원에 있는 동안 담배를 끊었다"면서 사양했다. 그러나 그는 "허~ 참. 이사장 백년을 사실라우? 천년을 사실라우? 새삼스럽게 담배 사양을 다해요?" 하면서 담배를 내밀었다. 나는 너무 사양만 하는 것도 거래상 '갑'의 위치에 있는 건축주에 대해 결례가 되는 것 같아서 "꼭 한 대만 피우는 거야 어떻겠나?" 생각하면서 담배 한 대를 받아 입에 물고 불을 붙였다. 한 모금 빨아들여 훅~ 하고 연기를 내뿜는 순간 '팽' 하고 가슴이 울렁거리며 세상이 도는 것 같았다. 그러나 그 느낌은 고통이라기보다 쾌감 쪽에 가까웠다. 그렇게 서너 모금 빨고 담뱃불을 부벼 꺼버렸다.

이튿날 현장에서 만난 C 사장은 또 담배를 권했다 이번에는 사양을 않고 기다렸다는 듯이 얼른 받아 입에 물었다. 다음날 C 사장을 만나서는 "담배 한 대 않주나?" 하고 은근히 기다려졌다. 오후에는 "하루에 두 대쯤은 괜찮겠지?" 하면서 직원들에게 얻어 태우곤 했다.

그러다보니 직원들에게 일일이 담배를 얻어 태우는 것도 구차스럽고 미안한 마음이 들어서 '차라리 한 갑을 사놓고 하루에 두 개피씩만 피우면 되지 않겠나?' 마음먹고 담배 한 갑을 샀다. 그러나 말이 그렇지 담배 한 갑을 놔두고 하루에 두 개피씩만 피울 수 있겠나? 며칠 안 가서 하루에 다섯 개피씩 피우게 되었다. 그러나 '하루에 두 갑을 피우던 때에 비하면 안 피우는 거나 마찬가지 아닌가?" 하고 자신을 합리화 했다. 그러나 막혔던 둑이 터지기 시작하자 걷잡을 수 없이 무너지기 시작해서 결국 담배 끊기는, 또 실패로 돌아가고 말았다.

그렇게 1년이 지난 어느 날 저녁, 집에서 TV드라마를 보던 나는 심한 충격을 받았다. 드라마의 내용인즉, 중년의 유능한 외과의사가 주인공으로 등장 하는데 수술시기를 놓치고 찾아오는 암 환자들에게 "어떻게 자기 몸 관리도 제대로 못하고 이지경이 되도록 내버려뒀느냐?"면서 나무랐다. 그러면서 그는 격무로 인한 스트레스를 술과 담배로 풀었다.

그러다가 언제부터인가 기침이 잦아지고 자신의 몸에 이상이 생겼다는 것을 느끼게 되었다. 그러나 수술 스케줄과 업무에 쫓겨 건강 체크를 미루다가 증상이 점차 심해지자 선배 의사를 찾아가 진단을 받게 된다. 결과를 본 선배의사는 "자네, 건강 관리를 어떻게 했으면 이 지경이 됐냐? 자네, 의사 맞냐?" 하면서 화를 내며 꾸중을 했다.

자기 일처럼 걱정하며 선배가 건네주는 필름을 살펴본 그는 그만 깜짝 놀랐다. "아니 이럴 수가?" 그의 폐는 까맣게 찌들었고, 암세포가 확 퍼져서 이미 손을 쓸 수가 없었다.

그 순간 낙담한 나머지 머리를 싸안고 눈물을 흘리며 고민하던 그의 표정. 그리고 후회하면서 생을 마감하기까지의 고뇌와 갈등·허탈한 체념들의 장면을 보면서 나는 굳게 결심했다. 오늘부터라도 당장 담배를 끊어야겠다고….

다음날 아침 잠자리에서 일어나자 양복 주머니에서 담배 갑과 라이터를 쓰레기통에 넣어버렸다. 출근하자마자 여직원에게

"오늘부터 담배를 끊을 테니 책상위에 놓인 재떨이를 치우라"
고 말하고. "만약 다시 담배를 태우게 되면 벌금으로 50만원을
주겠다"고 공언해 버렸다.

조그마한 재떨이 한 개를 치웠는데 책상이 왜 그렇게 넓어
보였는지… 지금도 그때의 정경을 잊을 수가 없다. 그 후 한 시
간마다 시계를 쳐다보며 안절부절 마음을 잡을 수가 없었다. 하
루해가 왜 그렇게 긴지 억지로 하루를 보냈다.

다음 날부터는 담배를 꽂아 피우는 '물뿌리' 하나를 구해서
담배 생각이 나면 빈 물뿌리를 입에 물고 빨았다. 그러면서 1주
일을 넘기니 마음이 조금 안정되는 것 같았다. 이 기간이 아마
가장 참기 힘들고 어려운 고비를 넘기는 순간이었다.

그렇게 해서 한 달, 3개월, 1년이 지나면서 나는 담배를 완전
히 끊을 수 있었다. 하기야 3년이 지난 후에도 담배 태우는 꿈
을 꾸는 적도 있으니 담배 끊기가 얼마나 어려운 것인가? 가히
짐작 하고도 남을 것이다.

이제 담배 끊은 지 19년. 담배를 끊으면서 새삼 느낀 것은 단
칼에 끊어야한다는 것이다. 미적미적해서는 절대로 끊을 수가
없다. 신라의 김유신 장군이 애마愛馬의 목을 단칼에 베어 버렸
듯이 나쁜 것을 끊을 때는 결단력이 있어야 한다.

꽃님이에게 주는 글

춘래불사춘春來不似春이라는 말이 꼭 요즘 날씨를 말해 주는 것 같다. 봄은 온 것 같은데, 봄을 시새우는지 꽃샘추위와 변덕스러운 날씨가 계속되고 있으니 말이다. 그러나 나는 화사한 봄의 여신보다 내 가슴을 더욱 따뜻하게 적셔주는 짤막한 너의 글을 받고, 만감이 교차하는 속에 과거를 회상하면서 이 글을 쓴다.

나는 교통사고로 망막을 다쳐서 5~10센티미터 이내로 가깝게 보지 않으면 글씨를 못 보기 때문에 컴퓨터를 할 수가 없는데 지난번 『꿈과 낭만이 있는 세계로』라는 책을 출판하면서 '땡비'라는 닉네임을 가진 아줌마가 거의 반년 동안을 내 곁에서 일을 도와주면서 인터넷과 카페의 운영을 관리해 주었는데, 일이 끝남에 따라 이제는 자기 집에서 '인터넷 카

떼를 관리해 주고 있단다.

그런데 어제 '땡비' 아줌마로부터 "꽃님이가 카페 회원으로 가입하면서 인사말을 통해 아저씨를 보면 아빠 생각이 난다고 했는데 꽃님이가 누구냐?"고 물었다. 나는 이 말을 듣고 착잡한 마음을 금할 수 없었다. "꽃님이 아빠인 친구를 먼저 보내고 나 혼자만 살아있다"는 미안한 마음과, "안병훈 동지는 꽃님이 가슴속에 영원히 살아있구나." 하는 생각이 교차되면서 많은 것을 생각하게 되었다.

인간이 많이 살아 봤자 백년인데, "22억 광년光年 밖에 있는 우주 공간에서 별이 폭발하는 장면을 어제 발견했다"는 매스컴의 보도를 보면서, 겨우 몇 십 년을 더 살고, 덜 사는 게 무슨 의미가 있겠나? 하물며 얼마나 잘 먹고, 잘 입고, 좋은 집에 살았느냐? 하는 것은 이야기하는 것 자체가 얼마나 공허한 일인가? 하고 생각해 보았다.

결국, 사람이 이승을 떠나고 나면 모두가 부질없는 일이 아닌가? 그런데 요즘 들어 그 알량한 재산 때문에 부모가 숨을 거두기가 무섭게 자식들 간에 재산 다툼이 벌어지고 끝내는 원수지간이 돼 버리는 것이 요즘 세상의 모습이라고 한다. 이런 가운데 꽃님이 가슴속에 영원한 아빠로 살아있는 안병훈 동지야말로 세상을 잘 살아온 것이 아니겠니? 그리고 생전에 아빠가 꽃님이를 얼마나 위하고 사랑했던 가를 잘 알고 있는 나로서는 더욱 착잡했었다.

아빠와 나는 고등학교 시절, 정치에 뜻을 같이 하는 꿈 많던 시절에 어느 모임에서 만났다. 그때는 '보릿고개'라는 것이 있어, 일부 부유한 사람들을 제외한 거의 모든 사람들의 소원이 배불리 먹고 사는 것이었단다. 너희들이 들으면 이해가 안가겠지만 저녁에 밥은 한 그릇밖에 없는데 식구食口 수는 다섯이다. 할 수 없이 무쇠솥에 물을 가득 채우고 밥 한 그릇을 넣은 후 한참을 끓이게 되면, 한 솥 가득히 끓인 밥으로 차게 된다. 이것을 다섯 식구가 둘러 앉아 배불리 먹고는 고픈 배를 움켜쥐고(대부분 물로 배를 채웠기 때문에) 잠자리에 들던 시절이었다.

그때, 우리가 바라던 정치는 오늘날 우리가 보는 이런 정치가 아니었다. 우선 자기 자신부터 몸가짐을 바르게 하고, 집안을 바르게 한 다음 정치에 나서는데, 신의를 중하게 알고 '자기가 일한 만큼 대우 받고 잘 사는 사회를 건설하자'는 것이 우리의 꿈이었다.

남들보다 세상을 앞서 가겠다는 사고를 가진 우리들은 인생의 첫 출발인 결혼식부터 합동결혼식을 하기로 뜻을 모으고, 그것도 예식장이 아닌 흥사단 강당에서 우리나라 개척기의 문학가이고, 경제인이며 정치인이었던 주요한 선생의 주례 아래, 중국 땅에서 도산 안창호 선생과 같이 독립운동을 하시던 여러 선배님들의 축복을 받으며 결혼식을 거행했고, 서울 우이동 산장으로 신혼여행을 가서 하루 저녁을 보낸 후 이튿날 아침에 세수하러 냇가로 나갔다가 고등학교 시절 동창생을 만났었다. 서로 "어떻게 왔느냐?"고 묻다보니 그 집이 바로 그 동창생의 집이었다. 그때 느낀 황당함이라니. 말로 형언할 수가 없었다. 이렇게 결혼식을 치루면서 두 사람의 처가에서 받은 불만이란 이루 말할 수가 없었단다.

그 후 세상을 살아오면서 정치계에서 판치는 온갖 권모술수와 모함, 공작 등을 직접 보고 느끼면서 "우리 생각이 현실과 얼마나 괴리가 있는가?"를 깨닫게 됐고, 그래서 미련 없이 정치를 포기하고 말았단다. 그러나 언제나 열정에 넘치던 너의 아빠는 "우리나라에 역사가 있은 후 승전의 역사는 오직 임진왜란 뿐인데, 이중 이름 있는 장수만 떠받들고, 나라 위해 목숨을 바친 의병이나 병졸 등 이름 없는 공신들에 대해서는 한 번도 추모제조차 지내주지 않은 것을 안타깝게 여기고 한탄하다가, '임란 구국공신 숭모회'를 만들고 안씨문중安氏門中 선산인 보령 땅에 위령탑과 1만 공신의 위패를 모시고, 매년 공신들의 문중門中 대표 3~4백 명이 참석한 가운데 추모제를 지내는 힘든 일을 도맡아 해왔는데, 그때 안동지가 '임란구국공신' 에 대한 말을 할 때면 그의 눈에서 불꽃이 튀어나오는 것 같이 열정이 넘치곤 했던 기억이 지금도 눈앞에 생생하다.

이렇게 큰일을 벌여놓고 이끌어 오던 안동지가 지병으로 갑자기 유명을 달리하게 되자 평생을 교직에 몸 바쳐오던 엄마가 "남편이 만들어 놓은 민족정신 함양의 뜻이 담긴 큰일을 중도에 팽개쳐 버릴 수 없다"는 각오 아래 그 유업을 이어 오고 있으니 70이 넘은 여성의 몸으로 얼마나 힘이 드시

겠니? 이 일은 마땅히 국가에서 맡아해야 할 일이라고 생각한다.

우리는 결혼기념일 때마다 네 사람이 모여서 매년 자축행사를 해왔는데, 아빠가 돌아가신 후로는 엄마 혼자 참석하셔서 세 사람이 모임을 갖게 되었다.

작년 5월, 결혼기념일 날, 너희 부부는 엄마가 외로워 보였는지 우리 내외를 서울로 초청했었지. 그때 든든하고 믿음직한 신랑과 함께 귀여운 아기를 가운데 두고 행복해 하는 네 모습을 보면서 "아빠인 안동지가 이 모습을 보았으면 얼마나 좋았겠나?" 하고 생각해 보았었다.

막상 글을 쓰기 시작하니 두서없이 길어진 것 같다. 아무쪼록 아기를 건강하고 훌륭하게 기르고 어머니를 잘 모셔라. 사람이 늙으면 외로운 법이다. 그런 훌륭한 어머니가 또 어디 계시겠니?

너희 두 내외 건강하고 모든 일이 뜻대로 다 이루어지기를 바라면서 글을 맺고, 꽃님이의 회원가입을 진심으로 환영한다.

2006년 3월 31일

이재중이가.

300원과 1,000원이 갖는 의미

작은 아들 내외는 슬하에 남매를 두었다. 큰놈이 금년에 열 살 난 손자이고. 작은 놈이 여덟 살 난 손녀이다. 이들은 매주 토요일이나 일요일을 택해 빼놓지 않고 우리 내외를 찾아와 하루를 놀고 간다. 공직생활을 하는 처지에 모처럼 쉬는 날 자기들만의 시간도 필요할 텐데 쉽지 않은 일이다.

그러나 결혼 후 세간을 나서 따로 살고 있는 터라 아이들에게 할아버지와 할머니의 존재를 알려주고 정情을 붙여 주려는 아들 내외의 지극한 배려가 고마우면서 주말이 되면 은근히 손주들이 기다려지기도 한다. 주말의 어느 날이었다. 그날도 집에와서 놀던 손주 남매가 방으로 들어오더니 "할아버지 잠깐 나가주세요"하고 오라비되는 놈이 나를 보고 방에서 나가 달라고 했다. 그래서 "왜 그러느냐?"고 사유를 물어보니 "저희들끼리

의논할 일이 있거든요. 할아버지. 자리 좀 비켜주세요." 그래서 "무슨 일인데? 할아버지가 있으면 안 되냐?"고 또 물었더니 잠시 생각하던 그들은 "좋아요. 할아버지 계셔도 돼요" 한 후 남매는 자기들끼리 진지하게 의논을 시작했는데 그 내용을 들어보았더니 다음과 같았다.

손주들이 유치원에 다니게 되면서 매주 이들에게 천원씩 용돈을 주었다고 한다. 그 후 손자가 초등학교 2학년에 진학하게 되자 작은 아들은 용돈의 액수를 조정해 줘야겠다고 생각하고 손자에게는 한 달에 13,000원을 손녀에게는 동생이니까 3,000원의 차등을 두어서 10,000원을 주겠다고 했더니 손녀가 대뜸"그런 법이 어디 있느냐"며 "싫다"고 반발하더란다.

그래서 아들은 "그러면 너희 둘이서 의논을 해가지고 아빠한테 오너라. 그렇지 않으면 용돈은 못 올려준다"고 단호하게 선언을 했다.

말이 끝나자. 남매는 큰일이나 난 것처럼 이 방 저 방으로 몰려다니며 그 좋아하는 만화영화도 보지를 못한 채 의논을 해서 만들어 가지고 온 합의(안)인즉 "아빠의 말씀대로 오빠는 13,000원을, 동생은 10,000원을 받기로 하되 매월 월요일마다 오빠가 동생에게 300원을 주기로 한다"는 것이었다. 그렇게 하면 월요일이 4번 있는 달은 손자가 11,800원을. 동생인 손녀가 11,200원을 갖게 되어 600원의 차액이 생기지만. 5번 있는 달은 오빠나 동생이나 11,500원씩 똑같은 액수를 갖게 되는 절묘한 (안)을 도출해냈다고 한다.

그 (안)대로 시행을 한 결과 손자나 손녀 모두가 만족해 한 것은 물론이거니와 손자는 매주 월요일마다 동생에게 300원씩을 주면서 오빠 노릇을 하는 즐거움을 맛보았고 동생은 매주 오빠에게서 300원씩 받는 즐거움을 느끼는, 미처 생각지 못했던 부수적 효과까지 얻었다고 한다.

그러다가 손자가 3학년이 되고 손녀가 초등학교 1학년에 진학하면서 다시 용돈의 금액을 조정 해줄 필요를 느껴서 손자에게는 매월 15,000원을, 손녀에게는 13,000원을 주겠다고 하면서 의사를 물었더니 오누이가 의논을 거듭하다가 결론을 얻지 못하고 결국 우리집까지 와서 나에게 자리를 비켜달라고까지 하게 되었다는 것이다

옆에서 보고 있노라니 남매는 각기 자기의견을 열심히 이야기 하고 상대방의 의견을 반박하는 등 열띤 토론을 거듭하다가 드디어 하나의 결론을 얻게 되었다. 내용인즉 '아빠가 주는 용돈의 액수를 오빠에게 월 16,000원 그리고 동생에게는 12,000원으로 조정하되, 매월 오빠가 동생에게 1,000원씩을 준다'는 것이다. 아빠의 입장에서는 어느 (안)을 택하든 똑같은 금액이지만 그것을 받는 그들의 입장에서는 그렇지가 않은 것이다.

손자의 입장에서는 매달 1,000원씩을 동생에게 주고 오빠 대접을 받으면서 오빠 노릇을 한다는 긍지와 즐거움을 느낄 수 있고 동생의 입장에서는 매주 월요일마다 300원씩 오빠에게서

받아 오던 것처럼. 매월 1,000원씩을 오빠에게서 받으면서 이런 오빠가 있다는 든든함과 즐거움을 느끼고 싶었던 것이다.

이런 손주들의 순수한 모습을 지켜보니 요즘 온갖 거짓말과 속임수, 말 바꾸기, 상대방에게 책임 뒤집어 씌우기, 상대방에 대한 온갖 비난 불신 등이 판을 치는 우리 사회가 도무지 이해가 되지 않는다. 적어도 사회 지도층이라는 인사들이 어떻게 초등학교 저학년 학생인 우리 손주들만도 못할까? 그것은 순수성이 없기 때문이 아닐까? 내가 본 300원과 1,000원이 갖는 의미는 형제애의 순수함과 신뢰의 표상이었다.

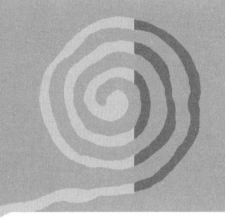

제 3부

칼 럼

책임지는 리더의 모습을 보고 싶다

언젠가 TV에서 <호텔리어>라는 드라마를 방영한 적이 있었다. 내용인즉, 남편과 사별 한 후 집안 살림만 하던 윤여정(배역을 맡은 탤런트)이 호텔 경영을 맡아 일선에 섰으나 자금에 쪼들리게 되고, 이것을 기회로 삼아 호텔을 집어 삼키려는 기업 사냥꾼들의 음모, 공작, 호텔 종업원들이 겪는 애환 그리고 여기 얽힌 젊은이들의 사랑과 갈등들이 박진감 있게 진행된다.

이 드라마를 보면서 내가 깊은 감명을 받은 것은 호텔 사장인 윤여정이 보여준 리더로서의 책임 있는 행동이었다. 이야기는 이러하다. 하루는 이 호텔에 투숙한 불량기가 있어 보이는 한 남자 손님이 사소한 것들을 하나하나 트집 잡아 종업원들을 괴롭혔다. 그의 과격한 행동은 소란이라기보다는 난동에 가까웠다.

직원들이 사과를 하고, 말리다 못해 간부들이 동원되었고 급기야는 지배인까지 달려가 사과를 하고 설득해 보려 했으나 그는 막무가내였다. 어떻게 보면 일부러 트집거리를 만들어 호텔을 골탕 먹이려고 작심한 것 같기도 했다. 드디어 이 일은 사장에게까지 보고되었고 윤여정은 문제의 객실로 향했다.

객실에 들어서니 지배인을 비롯한 간부사원들이 늘어서 있는 가운데 그 손님은 고래고래 고함을 치고 있었다. 윤여정은 그 손님에게 정중하게 머리 숙여 인사를 했다. 그리고 "제가 사장입니다. 저희 종업원들이 잘못해 손님의 심기를 불편하게 해 드려 죄송합니다. 잘못한 일에 대해서는 즉각 시정하겠습니다. 노여움을 푸십시오."

그러나 그 손님은 더욱 기고만장해서 소란을 피웠다. 그러자 서있던 윤여정은 천천히 손님 앞에 무릎을 꿇고 앉았다. 그리고 두 손을 무릎 위에 가지런히 놓은 채 말했다. "손님, 모든 책임은 사장인 제게 있습니다. 제가 모든 책임을 지겠습니다. 그러니 노여움을 푸십시오." 그 순간, 방안은 조용해졌다. 직원들은 눈을 크게 뜬 채 어찌할 바를 몰랐고, 소란을 피우던 손님도 놀랐다. 호텔 사장이, 그것도 1급 호텔의 사장이 자기 앞에 무릎을 꿇다니? 도저히 상상할 수 없는 일이었다.

그것으로 문제는 수습되었지만 나는 그 장면을 보면서 많은 것을 생각했다. 첫째, 경영자로서의 책임이 얼마나 무거운 것인가 하는 것과 그 책임지는 자세의 진지함이다. 둘째, 천금을 주고도 못 시킬 산교육을 직원들에게 가르친 사장의 모습이다. 사장이 솔선수범 하는 그 모습에서 그들은 값진 교훈을 얻었을 것이다.

나는 그때의 장면이 오랫동안 진한 감동으로 가슴에 남아 있었다.

감사원은 지방자치제 10년을 맞아 전국 250개 시·도와 시·군, 구 자치단체에 대한 종합 감사결과를 발표했는데 그 실상은 그야말로 경악할 정도였다고 한다. 단체장들은 인사, 인·허가. 지역사업 배정, 예산편성 등 중요업무를 장악하고 있는 가히 '제왕적 존재'였다는 것이다.

거기에는 그럴만한 사정이 있었는데 무엇보다 단체장을 견제할 만한 세력이 없는 게 지방의 현실이라고 한다. 지방의회가 있다지만 많은 경우 의원들은 전문성과 정보에서 단체장과 집행부를 따라잡지 못한다. 행정, 재정, 복지산업 등 갈수록 전문성이 높아지는 문제들에 대해 의원들이 추궁다운 추궁을 하기가 어려운 실정이다.

게다가 일부 지방의원들은 자신의 지역구 숙원사업에 예산을 조금이라도 더 배정 받으려고 단체장에게 아쉬운 소리를 해야할 판이다. 심지어 자신의 사업을 지키기 위해 인·허가나 단속 무마 둥울 단체장에게 로비하는 의원들도 있다고 한다. 또한 대부분의 지역에서 단체장과 의원들은 같은 당 소속이다 보니 지역주의 중심으로 특정정당이 특정지역의 단체장과 지방의원을 싹쓸이하는 경우가 있다. 말하자면 지방의회에는 여당만 있지

야당다운 야당이 없는 것이다. 이러니 단체장들이 지방의회를 무서워할 리가 없는 것이다. 그래서 그런지 단체장들에게서 "잘 못했다"는 사과의 말이나 "책임지겠다"는 말을 들어본 적이 없는 것 같다.

앞으로 5·31 지방선거를 앞두고 출마 예상자들이 기자회견을 통해 자신의 포부를 밝히고 있으나 대개가 공허한 장미빛 공약들뿐이다. 그리고 어느 정당의 공천을 받으면 그것이 곧 당선과 직결된다는 생각을 가지고 줄서기에 여념이 없는 것 같다.

"공功은 부하에게 책임은 내가 진다"는 것이 참된 리더의 표상이다. 그러나 잘못은 부하에게 미루고, 공은 '내가 차지하겠다.'는 생각을 가진 사람들에 의해 우리 사회와 국가가 망가지고 있다. 더욱이 금년부터는 지방의회 의원들에게 연봉 6~7천만 원이 지급된다고 한다. 내라는 세금만 꼬박꼬박 내야하는 우리 서민들의 속은 속이 아니다. 숯덩이처럼 까맣게 타버리고 말았다. '책임지는 참된 리더의 모습'을 보고 싶다.

인사人事가 만사萬事다

　우리나라 역대 어느 대통령께서 말씀 하시기를 '훌륭한 인재 人材를 발탁해서 그 능력에 맞는 자리에 배치하는 것이 나라를 운영하는데 있어 가장 중요한 기본이 된다.'는 뜻으로 '인사人事 가 만사萬事'라고 하였다. 백 번 옳은 말이고 맞는 말이다.

　그런데 그 분께서 하신 말이 그 뜻을 분명하게 이해하고 소 신所信을 가지고 하신 말씀인지? 아니면 어디서 주워듣고 그냥 해본 말인지? 의문을 갖지 않을 수 없다

　대통령의 직무를 수행하면서 그분이 해온 행적을 살펴볼 때. 아마도 후자後者 쪽에 더 가깝지 않나? 하는 생각이 든다.

　'경제經濟'라는 발음 하나 제대로 못해서 '갱제'라고 하더니 급기야는 I.M.F라는 국가 초유의 경제 파탄을 맞게 되었고. 그 결과로 수많은 기업들이 도산하고 헤아릴 수 없이 많은 가정들

이 파탄되었으며 국가 신용등급은 끝없이 추락해 무너져 내렸고 국민들은 죽을 고생을 겪었다.

그러나 문제는 거기서 그치지 않았다. "재임 중에 1원 한 푼도 받지 않겠다"고 공언하던 그가 아들을 헌법에도 없는 소통령小統領으로 만들어 국가 중요 인사에 관여토록 해서 뇌물을 챙기게 했으며 권력을 휘두르고 파당을 형성한 죄로 징역까지 살게 했고 자신은 국민들에게 사과하지 않을 수 없었다.

그 뿐이었으면 순박하고 인정 많은 국민들이 "국운國運이 그런 걸 어쩌겠나?" 하면서 뇌리에서 쓰라렸던 기억들을 지워 버리려고 했는데 이번에는 기氣가 탁 막혀 죽어 버릴 것만 같은 해괴한 사건이 터져 나왔다.

오랜 세월동안 소위 '민주화 운동'을 해오면서 그렇게도 강력하게 비난했고 요구해 왔던 '도청반대' 운동이 막상 대통령에 당선되고 나자 그의 아들인 '소통령'에 의해서 안기부(현 국정원의 전신) 안에 불법 도청盜聽 조직인 '미림'팀을 운영해 왔다는 혐의를 받고 있다 한다.

이미 6년 전, 도청 테이프 내용을 확인한 적이 있는 이건모 전 국가정보원 감찰실장이 "세상에 공개 된다면 상상을 초월한 대 혼란을 야기하고. 정치·경제·사회 전 분야에 걸친 붕괴가 올지도 모르는 핵폭탄이었다."라고 증언했을 정도였다고 한다.

자식 하나를 제대로 단속 하지 못해 인사人事가 망사亡事로 돼 버린 참으로 불행한 일이 아닐 수 없다.

정치인들의 무책임한 언동과 행동으로 우리 사회의 기강이 무너져 내리고 있다. 요즘 기업인들 사이에서는 '쓸 사람 없고, 믿을 사람 없다'고 아우성이다. 실업 인구는 넘쳐 난다고 하는데 3D 업종이라는 힘들고, 더럽고, 어려운 일은 하지 않으려 한다. 이곳에 수많은 외국인 노동자들이 들어 와서 자리를 채워주고 있다. 능력은 없으면서도 높은 보수를 바라는가 하면, 자기가 몸담고 있는 기업에 대해 애정도, 참여의식도, 책임감도 없어져 간다는 것이다.

막상 사람을 발탁해서 인재人材로 키워보려고 공을 들이다 보면 어느 순간 배신하고 돌아서서 기존 거래처까지 빼앗아 나가버리고 회사의 노하우나 기밀을 경쟁 관계에 있는 적대 회사에 '가룻 유다가 은 30량을 받고 예수님을 넘겨주듯' 얼마간의 대가代價를 받고 넘겨주는 일도 비일비재하다고 한다. 얼마 전에는 국가 산업 기밀을 외국에 넘겨주려다 이 정보를 사전에 탐지한 수사기관에 의해서 일망타진된 일도 있지 않은가?

이밖에도 노사문제를 비롯한 여러 가지 현안들이 기업인들의 의욕을 상실케 해서 경제적인 불황에서 벗어나지 못하게 하는 요인이 되고 있는 것이다.

그러면 이런 현실속에서도 "인사가 만사"라는 말이 성립되는가? 대답은 "맞고요"이다. 옛날 중국 역사에 초패왕 항우와 천하를 겨뤄 한漢나라를 창건한 한고조漢高祖 유방劉邦은 과연 출중한 인물이었던가? 그는 오늘날 지방의 일개 동장洞長에 불과한 자리에 있던 건달같은 사람이었다고 한다. 그러나 그는 대장군 한신, 모사, 장량, 행정가 소하 같은 훌륭한 인재들을 등용해서 적재적소에 배치해 그를 보좌케 했기 때문에 천하를 얻을 수 있었던 것이다.

난세일수록, 어려울 때 일수록 "인사가 만사"라는 말은 맞는 말이다. 다만 "인사가 망사亡事'가 돼버린 전임 대통령의 일을 깊이 생각해 보고 그 전철을 밟지 말아야 할 것이다.

"사람답게 사는 법"부터 가르쳐야

며칠 전, 그동안 벼르던 캐나다 여행을 다녀왔다. 여행사를 따라 갔었는데, 그곳에서 만나 함께 여행을 하게 된 분 중에 유병구 교수가 있다. 그는 '가천 길대학'에서 윤리학을 가르치고 있다고 했다.

"요즘도 대학에 윤리학 과목이 있나요?"라는 내 질문에 "인천 길병원의 설립자이기도 한 이길여 이사장의 교육이념인 '지식을 가르치기 전에 우선해서 사람답게 사는 법부터 가르쳐야 한다.'는 신조에 따라 가천 길대학에는 윤리학 강좌가 개설되었고, 이 사장님이 각별한 관심을 가지고 있다"면서 "그래서인지 길병원은 이제까지 그 흔한, 노사분규나 파업 한 번 없었고, 직원들의 자존감을 세워줌으로써 구성원 모두가 자긍심을 가지고 가족 같은 따스함이 베어나는 친절한 병원을 만들기 위해 노력하고 있다"고 그 성과를 자랑했다.

요즈음 "이 세상에서 제일 무서운 것이 무엇이냐?"고 물으면 대부분이 '사람'이라고 대답한다고 한다.

지난 7월 한 달 동안 찜통더위 못지않게 우리 사회를 들끓게 했고 신문지면이나 TV화면을 장식한 것이 바로 유영철이라는 살인피의자 사건이다. 보도에 따르면 그는 아무런 원한도 없는 무고한 사람들을 21명이나 죽여서 암매장했는가 하면, 거론하기 조차 끔찍한 방법으로 시신들을 훼손했는데, 검찰에서는 그의 여죄를 추궁하고 있다고 한다.

그는 살인을 하게 된 동기에 대해서도 "얼굴이 예뻐서"라는 등 횡설수설했으며, 현장검증 때 나무라는 시민들에게는 큰 소리로 협박을 했고, 경찰조사 중에는 "감옥에서 조폭이나 경제사범을 한 두명 더 죽이고 형장의 이슬로 사라지겠다"고 말해 조사하던 경찰들을 아연실색하게 만들었다고도 한다.

이제까지 '막가파'니, '지존파'니 했던 끔찍한 사건들과 이번 유영철 살인사건은 뚜렷한 살해동기도 없이 오직 사회에 대한 증오심, 반항심에 연유된 것으로 '사람이 사람답게 사는 법'을 가르치지 못한 우리 사회의 책임도 결코 적다고는 할 수 없다고 생각한다.

또한 지난 7월 한 달 동안 우리 사회를 뜨겁게 달구었고 국민들을 불안 속에 몰아넣었던 것은 이른바 하투夏鬪라고 불리는 노동계의 파업사태였다.

그 중에서도 내게 가장 충격을 주었던 것은 의료계의 파업이었다. 몸이 아파 치료를 받아야 되는, 그래서 그들의 따스한 손길을 필요로 하는 환자들과 그들의 생명을 볼모로 삼아, 어느 유명한 국립대학병원에서는 40여일 동안이나 파업을 강행했다는 것은 아무리 선의를 가지고 보아주려고 해도 도저히 상식적으로 납득이 가지 않는다.

20여년 전, 나는 대형 교통사고로 H대학 부속병원 8층, 정형외과 병동에 입원했던 일이 있었다. 어느 날, 갑자기 구급차가 요란스럽게 경보음을 내면서 달려오더니 1층에 있는 응급실 앞에 멈춰섰다. 그 때 치료 중이던 간호사가 반사적으로 창문으로 달려가더니 아래층의 상황을 살펴보았다. 잠시 후 환자의 가족들이 내는 통곡하는 소리가 내 병실에까지 들려왔다.

그러자 그를 치료하던 간호사의 얼굴이 굳어지면서, 고개를 숙이고 한숨을 푹 내쉬었다. 그리고 그의 눈에 엷은 이슬이 맺히는 것을 보았다. 그때 내게는 그 얼굴이 꼭 천사처럼 보였고, 그 이후 나는 모든 간호사들을 천사라고 생각했었다.

그런데 브라운관에 비치는 그들의 모습에서 그동안 내 가슴속에 간직하고 있던 천사의 모습은 찾아 볼 수가 없었다. 오직 주먹질을 하면서 투쟁의 열기를 불태우는 투사들의 모습만이 화면 가득 비춰지고 있었다.

나는 이 장면을 지켜보면서 이들에게 사랑으로 환자를 돌보아주고, 인술仁術을 베푸는 자기 직업에 최선을 다해야 하는 '사람답게 사는 법'을 가르쳐 주지 못한 우리 모두에게도 그 책임이 있다고 생각한다.

"오늘, 우리 사회에 원로元老가 없다"는 말을 자주 듣는다. 젊은 사람들이 하는 일을 보고, 안 되는 일은, "안 된다"고 용기있게 충고해주고 그들의 오랜 경험과 높은 경륜으로 일이 되도록 지도를 해주는 원로가 없는 우리 현실이 안타깝다는 것이다.

그러나 원로들의 말은 또 다르다. "이야기를 해도 들어주지도 않고, 어른 대접은커녕 찬밥 신세이니 세상 살 맛이 안 난다"고 한다.

이 엄청난 세대 간의 시각차와 괴리를 보면서, 나는 젊은 세대에게 어른을 바르게 모실 수 있는 '사람답게 사는 법'을 가르치지 못한 원로들에 우선 그 책임이 있다고 생각한다.

요즘 강조되는 것이 '개혁'이다. 그러나 우리가 이 사회를 참답게 개혁하려면 우리 후손들에게 '사람답게 사는 법'부터 먼저 가르쳐야 한다고 생각한다. 그기 위하여 모든 학교의 정규 교과목으로 '윤리학'을 채택할 것을 강력히 제안하는 바이다. '사람답게 살줄을 모르는 사람'은 아무리 지식을 쌓아도 우리 사회에 도움이 되지 않는다. 비록 지금 이 시대 현실에 안 맞는 부분이 있더라도 아직까지 우리 사회의 기본적 윤리로 존중받는 '삼강오륜三綱五倫'을 당신은 얼마나 알고 있는지? 가슴에 손을 얹고 한번 자문自問해 보라!

"너나 잘해" 보다
"나부터 잘하자"는 한해가 되기를

대망의 2006년 새해 아침이 밝았다. 잠자리에서 일찍 일어나 솟아오르는 태양을 바라보며 새해에는 좋은 일이 있기를 빌었다.

그 후 전화기를 들고 평소 존경하는 어른들께 "새해에는 더욱 건강하시고 복 많이 받으시라"고 인사를 드렸다.

1월 1일은 마침 일요일이었는데도 전화와 메시지를 통해 새해 인사와 덕담이 끊이지를 않았다

정치 지도자를 비롯한 사회 지도층 인사들은 TV 앞에 나와서 "금년에는 국민을 위한 정치를 잘하겠다" "통일을 위해 모든 힘을 다 바치겠다"는 등 온갖 포부와 덕담 등을 늘어놓았다. 새해의 첫날에 보는 의례적인 풍경이었다.

얼마 전 동네 목욕탕에서 있었던 일이다. 그날따라 동네 꼬마

들이 떼를 지어 들어와서 이리 뛰고 저리 뛰면서 소리를 지르고 떠드는데 정신이 하나도 없었다.

이것을 보다 못한 어느 손님이 "이놈들아! 떠들지 말아!" 하고 고함을 질렀다. 그러자 아이들은 잠시 조용해졌지만 그중 나이어린 꼬마가 "으앙" 하고 울음을 터트리며 아빠인 듯한 건장한 청년에게로 달려갔다. 그러자 청년은 "왜 아이들에게 소리를 치는 거야?" 하며 마치 싸움이라도 할 기세로 소리를 질렀다. 그러자 아이들에게 소리를 지르던 손님도 지지 않고 "그럼 아이들이 난장판을 쳐도 가만두란 말이야? 아이들에게 공중도덕을 가르쳐야지" 하고 대꾸를 했다.

두 사람의 언쟁은 잠시 더 계속되다가 그 애 아빠는 "당신이나 잘해" 하는 말로 끝이 나고 말았다.

"너나 잘해!" 하는 말은 요즘 마치 유행어처럼 번지고 있다. 한때 "내 탓이요" 하는 운동이 천주교 단체를 중심으로 사회개혁 정화 차원에서 전개된 일이 있었다. "모든 잘못이 내게 있으니 반성하고 고쳐서 바른 사회를 만들어 보자"는 뜻이었을 것이다.

그러나 "너나 잘해" 하는 말은 속담에 "○ 묻은 개가 겨 묻은 개를 나무란다."는 말처럼 다 같이 진구렁에서 뒹굴어 깨끗한 놈이 하나도 없는데 "남에게 잘못한다고 충고할 자격이 있느냐?" 그러니 너 자신 주제 파악이나 잘하고 "네 일이나 잘하라"는 자조적이며 부정적인 눈으로 사회를 보면서 '반성'은 것은 아예 할 가치도 없다는 것을 뜻한다. 어쩌다가 사회를 이렇게 일그러진 눈으로 보게 되었을까? 참으로 염려스럽다.

얼마전 일본에 갔었을 때 안내인에게서 들은 이야기가 생각난다. "하나의 제품을 생산하는데 수백 개의 공정을 거치게 됩니다. 그 수많은 공정 중에서 나 하나가 잘못하게 되면 그 제품은 불량품이 되지요. 그로 인해 그 공정에 참여했던 모든 사람들에게 폐를 끼치는 결과가 되고, 회사는 물론이거니와 국가와 사회에도 손해를 끼치게 된다고 생각합니다. 그래서 자기가 맡은 분야에서만은 누구보다도 제일 잘해야 한다는 프로정신을 가지고 있는 것이 이곳 일본 사람들입니다." 하고 일본인들의 민족성을 이야기해주던 일이다.

아내는 약간의 허리디스크 증세가 있었는데 지난번 교통사고로 인해 목디스크까지 앓게 되어 힘든 일을 하거나 무거운 것을 들면 안 된다. 때문에 집안 청소며 힘든 일은 내가 대신하게 되었는데 내가 하는 일이 서투르고 어설퍼서 아내가 보기에 만족스럽지 못한 것 같다. 땀을 흘려가며 일하는 내 뒤를 따라다니며 여기저기를 짚어가면서 잔소리를 한다. 어떤 때는 확 집어 던져버리고 "당신 일이나 잘하라"고 소리를 치고 싶을 때도 있다.

그러나 그때마다 몸이 불편한 아내의 처지를 생각하고 또 잔소리하는 아내가 곁에 있는 것이 얼마나 다행인가 싶어 "처음이라 서툴러서 그러니 관대하게 봐주시길 부탁합니다. 다음에는 잘 할게요." 능청을 부리면서 양해를 구한다. 그리고 아내도 나도 웃어버린다. 가정의 평화가 유지되는 것이다.

새해에는 '통일'도 좋고 '국민을 위한 정치'도 좋고 돈을 벌어 부자가 되는 것도 좋지만 "너나 잘해"에서 "나부터 잘하자"로 사고를 바꿔보는 한해가 되었으면 좋겠다.

법이 바로서야 사회가 바로 선다

이용훈 대법원장은 얼마 전 고등법원 부장회의를 주재하는 자리에서 "몇 만원어치를 훔친 절도범들에게는 실형實刑을 선고하면서 몇 백억 원을 횡령한 재벌에 대해서는 집행유예 판결을 한 것은 사법부가 국민의 신뢰를 얻을 수 있는 기회를 잃어버린 것"이라고 아쉬워하면서 재판에 임하는 법관들의 자세를 바로 잡도록 훈계했다.

이것을 두고 법조계와 사회에서는 반응이 두 가지로 갈리었다. 그 중 하나는 "옳은 말을 했다"는 것이고 또 하나는 "재판은 법과 양심에 따라 판사가 소신을 가지고 하는 것인데 앞으로 재판을 하는데 압력으로 작용할 우려가 있다"는 평이다.

살펴 보건데. 이제까지 '법과 양심에 따라' 판결한 재판결과를 믿는 국민들이 과연 얼마나 될까? 소위 '전관예우'니 '유전무죄. 무전유죄(有錢無罪. 無錢有罪)'라는 말이 상식처럼 통해 온 것이 사실이다. 이때마다 국민들은 허탈감을 느꼈고, 법을 믿지 않게 된 것도 사실이다. 그래서 벌을 받는 사람들 중에 자기의 잘못을 반성하기보다는 재수가 없어서, 혹은 돈과 배경이 없어서 걸려들어 나만 고생을 한다고 생각하는 사람들이 적지 않은 것 또한 사실이다.

일부 법관들이 힘 있는 사람의 편에 서서 그들의 손을 들어주는 것이 '양심과 소신'인줄 착각하고 저질러온 행위에 의해 사법부 전체가 국민들로부터 불신을 받게 되었다고 생각하는 것이 이용훈 대법원장의 판단인 것 같다.

그러기에 그는 신임 법관 임명장 수여식에 참석해서 "재판은 국민의 이름으로 하는 것이지 판사의 이름으로 하는 것이 아니다. 국민 대다수가 납득할 수 있는 판단이어야 한다."고 당부했고. "법관은 독선에 빠져서는 안 되고 사회에 대한 깊은 성찰을 통해 균형 잡힌 판단력을 키워나가야 한다."며 "법관에게 재판권을 수여한 주체가 국민이라는 점을 명심해야한다"고 말했다.

법을 지키려는 대법원의 자세와 맥을 같이 하기 때문인지는 알 수 없으나 '음주운전으로 면허가 취소 된 사람'도 형편이 딱하면 면허를 회복해 주던 하급심의 판결에 대법원이 제동을 걸고 나섰다.

사고로 오른손 손가락이 절단된 3급 장애인 K모씨는 친구와 소주 1병을 나눠 마신 뒤 혈중 알코올 농도 0.146% 상태로 운전을 하다 경찰에 적발돼 화물차(1종 대형)와 승용차(1.2종 보통) 운전면허를 비롯, 오토바이 면허까지 모두 취소됐다. 노부모와 정신지체 장애인인 딸 등 자녀 2명을 부양해야 하는 K씨는 운전을 하지 않으면 생계가 위험한 형편이다.

K씨는 음주운전 초범이고 면허가 취소되면 생계가 어렵다 며 충남지방경찰청을 상대로 면허를 회복해 달라는 소송을 냈다. 1심, 2심 법원은 모두 "면허취소는 가혹하다"고 판결했다 "면허취소로 달성하려는 공익상 필요보다 K씨가 입을 불이익이 크기 때문에 면허를 회복해 주어야한다"는 이유였다.

그러나 대법원의 판단은 달랐다. 대법원은 2심 판결을 깨고 사건을 대전고법으로 돌려보냈다. 재판부는 "자동차가 대중교통 수단이고 운전면허가 대량으로 발급되는 상황에서 음주운전으로 일어나는 교통사고의 참혹한 결과를 볼 때 음주운전으로 인한 교통사고를 방치할 경우 공익상 필요는 더욱 강조 돼야한다"며 면허취소로 K씨가 입을 불이익보다 "공익상 필요가 가볍다고 볼 수 없다"고 그 이유를 밝혔다. 이 판결에서 법을 지키려는 대법원의 강한 의지를 느낄 수 있는 것 같다.

그러나 법을 지키기 위해서는 사법부나 대법원의 의지만으로는 안 된다. 정치권의 각성과 철저한 자기반성, 그리고 법을 지키겠다는 확고한 의지를 가지고 새로 태어나야만 한다. 역대 대통령들은 선거 때마다 표를 얻어 보려는 욕심에서 대통령에게 부여된 사면권을 무분별하게 남발해서 교통법규 위반자를 수백만 명씩 사면해 주었다.

이로 인해 국민들은 법을 지켜야겠다는 의식이 없어져 버렸고 법을 지키는 사람은 바보 취급을 당하는 듯한 허탈감에 빠져 버렸다. 법질서는 무너져 버렸고 교통사고는 증가했다. 교통법규의 위반이나 사고를 내고도 양심의 가책을 느끼지 못했다.

네거리의 교통 신호등을 무시하고 차량들이 제멋대로 질주하는 사회, 교통신호등의 빨간불, 파란불을 조작하는 사람 편의에 의해서 마음대로 원칙 없이 조작하는 사회를 한번 상상해보자. 과연 어떤 결과가 오겠는가?

법이 바로서야 사회가 바로서는 것이다.

원자재 파동, 남의 일 아니다

지금부터 31년 전인 1973년, 우리나라는 고철파동과 유류파동의 어려움을 함께 겪은 일이 있었다.

그 때, 일본은 사양 산업화되어 3D 업종으로 밀려났던 주물산업을 한국에 이양해 주었고 필요량만큼을 우리에게서 수입해 사용했었다.

그 당시 우리 한국은 '증산, 수출, 건설'을 국가의 지상목표로 내걸고 보릿고개의 가난을 벗어나기 위해 돈이 되는 일이면 가리지 않고, 땀 흘려 일했었다.

나는 그때 보일러 설비 공사업을 하고 있었는데, 별자본 없이 할 수 있는 일 중에는 아주 매력적인 사업이었다. 내용이 확실한 공사를 수주했다고만 하면 자재상資材商에서는 얼마든지 외상자재를 대주었고, 자재가 투입된 후 3개월 후에 공사기성금을 수령해서(그것도 3개월짜리 약속어음을) 자재 대금으로 결제해주면 고 맙다는 치사와 함께 저녁까지 대접을 받았으니 얼마나 좋았겠 나.

그러던 것이 세계적 고철파동의 조짐이 보이자 약삭빠른 일 본에서 발 빠르게 한국으로 선너와 주물분야의 모든 생산품을 싹쓸이 해버렸다. 그리되면서 모든 상황은 급변했다. 외상거래 가 현금으로 변했고 곧이어 선금을 요구했다. 그리고 자재 값이 하루가 다르게 치솟았다. 오직 열정 하나만을 가지고 공사 수주 에 전력을 다해서 거액(지금 가격으로 쳐서 100억대가 넘었던 것으로 추 산된다)의 공사량을 계약해 놓았던 나는 난감하기 짝이 없었다. 현금을 구하기 위해 동분서주 뛰어다녔다.

그러는 동안 내수용內需用은 생각지도 않고 전량을 수출해 버 렸던 업계가 일본에 수출했던 것을 역수입해 오기에 이르렀다. 이런 파동 속에서 구경 15미리 엘보우(배관용 부속) 한 개에 15원 씩 계산해서 계약을 하고 공사를 수주했는데 역수입해서 판매 하니 단가가 1개에 120원까지 치솟았다. 이런 상황에서 손을 안 들고 배겨 낼 장수가 있겠나? 집과 아울러 모든 것을 채권자들 에게 빼앗기고 길거리로 나 앉을 수밖에 없었다. 지금 생각해도 일생일대의 뼈아픈 일이었다.

요즈음 들어 세계적인 원자재파동이 다시 일어났다. 이번 싹 쓸이의 진원지는 중국이고, 원자재는 고철 같은 일부 품목에 한 정된 것이 아니라 원유를 비롯해서 철광석, 구리, 니켈 등 각종 생산품의 기초 소재로 쓰이는 비철금속과 국제 곡물가격까지도 요동치고 있다고 한다. 이에 따라 각국은 앞 다퉈서 원자재 수출 중단 조치를 하고 있으며 엎친데 덮친 격으로 중국이 해운 선박까지도 싹쓸이를 해버려 화물을 운송할 배를 구하기가 어려운데다가 국제 해운사들이 상반기 중 최고 50%까지 운임을 올리기로 결정해, 원자재난은 더욱 심각한 실정이다. 지난 3월 16일자로 중동산 두바이유가 배럴당 31달러에 달했고, 서울 지역에서 휘발유 1ℓ에 1,400원을 넘어섰다고 한다.

원자재값 급등과 확보난에 직격탄을 맞은 업체는 대형회사의 하도급을 받은 중소 건설 회사들이다. 이들은 철근을 비롯한 전선, 각종 부속품 등의 원자재 값이 크게 올라 원가 부담이 늘어났지만 대기업들과 맺은 계약에 따라 납품가를 올리지 못해, 공사를 할수록 현금부담과 아울러 밑지는 상황에 빠져 있다는 것이다.

이런 현상은 반월공단이나 시화공단에 입주한 중소기업들도 마찬가지여서 원자재 값의 상승분만큼 납품가격을 대기업에서 올려주지 않아 일을 하면 할수록 손실이 누적되기 때문에 부득이 조업을 단축하거나 중단하는 수밖에 없다고 한다. 오늘도 원자재난에 가슴조이며 애태우는 경영자들께서는 부디 용기를 잃지 말고 슬기롭게 위기를 수습하시기 바란다.

이런 현상이 계속되다 보면, 중소기업 및 건설사들의 부도 도미노 현상과 함께 수출 경쟁력이 약화되고 급기야는 물가상승과 실업인구의 양산이라는 심각한 사태까지 이어질지도 모른다는 우려의 목소리가 높다.

이런 파동이 생길 때마다 설치는 사람들이 있다. 원자재를 사재기해서 창고 속에 쌓아 놓고 값이 더 오르기를 기다려 한탕하려는 악덕 상인들이다.

이들의 농간으로 원자재의 품귀 현상이 빚어지고 돈을 가지고도 자재구입을 못하는 사태가 벌어지게 된다. 이들은 몇 배의 폭리를 취하면서도 제대로 세금계산서도 발행해 주지 않는다. 세금계산서를 물가대로 발행해 달라면 "다른데 가보라"는 것이다.

원자재 파동을 수습하기 위해서는 이런 악덕 상인들에게 철퇴를 가해서 유통구조의 질서를 바로 잡아야 한다. 그리고 국민들에게 현실의 어려움을 솔직히 털어 놓고 협조를 구해야 한다. 근거도 없이 "2, 3개월 후에는 어려움이 풀릴 것"이라는 등의 임기응변으로는 문제가 해결되지 않는다. 또한 정부나 대기업의 납품가도 현실화 해주어서 중소기업자의 도산을 막아야 한다. 아울러 근본적인 원자재난 타개책을 범정부적인 차원에서 마련해야 할 것이다.

이런 원자재 파동이 닥칠 때마다 뼈아프게 느끼는 것은 우리나라에 자원이 없다는 것이다. 식량도 모두 자급자족 할 수 없고 지하자원도 없으며 석유 한 방울 나지 않는 것이 우리의 현실이다.

단지 우리가 가진 것이라고는 인적 자원 뿐인데, 이들 인적

자원들이 '블루칼라'보다는 '화이트칼라'를 선호해서 이공계理工系 기피현상이 심각해져 실제로 산업계에 투입할 인력은 부족하고 청년실업은 늘어만 가고 있는 딱한 실정이다. 정작 3D업종에는 근로자가 부족해 외국인 근로자들을 데려다 쓰고 있다. 이런 와중에 중소기업들은 구명도생하기 위해서 인건비가 상대적으로 싸고 일손 구하기 쉬운 외국으로 탈출을 계속하고 있으니 이 나라의 장래를 어찌할꼬? 남의 일이 아니다.

지방자치 단체장이 갖춰야할 6가지 덕목

3·1절 골프 파동의 책임을 지고 이해찬 총리가 물러났다. 그런가 하면 여기자女記者 성추행에 대한 책임을 물어 한나라당이 같은 당 사무총장이었던 최연희 의원에게 다른 야당들의 협조를 얻어 '의원직사퇴권고결의안'이란 것을 국회에 제출했다고 한다. 또한 서울시장의 '황제테니스'에 대한 공방이 매우 치열하다.

정국이 소용돌이치며 숨 가쁘게 돌아가는 모습이 5·31 지방선거가 바로 눈앞에 다가 왔음을 알려주는 것 같다. 지방자치제가 본격적으로 시행되면서 지역특성에 맞는 발전을 위해 노력한 곳도 있었지만 단체장의 독선적 행동으로 피해를 본 곳도 있고 일부 단체장들은 수뢰사건에 연루되어 지역 주민들에게 누를 끼치고 망신을 당한 사례도 있었다.

이제 수많은 후보자들이 출사표를 던지고 출마할 채비를 하고 있다 한다. 이번 선거에서는 지난날 좋지 못했던 이미지를 바꿔 놓고 각기 자기 고장을 발전시킬 수 있는 훌륭한 단체장을 선출해야한다.

그런 의미에서 지방자치 단체장들이 갖춰야할 덕목 몇 가지를 다음과 같이 제시한다.

첫째: 투명하고 깨끗하게 자기관리를 해야 한다.

청렴도 문제는 자치 단체장이 갖춰야할 덕목 중에서 가장 중요한 과제이다. 물론 개인에 따라 각기 사정이나 억울한 누명을 쓰는 일이 있을 수 있겠으나 여기에는 자기 자신에 대한 관리를 소홀하게 했음도 알아야 한다. 옛말에 '오얏나무 밑에서는 갓끈을 고쳐 매지 말라'는 말이 있다. 공연히 남의 의심 살 일을 하지 말라는 뜻이다.

둘째: 겸손해야 한다. 대개의 선출직 공직자들의 경우 당선되는 순간부터 자세가 달라진다. 우선 악수하는 자세부터가 그렇다. 목에다 꼿꼿하게 힘을 준채로 손만 내미는 것이다. 그 앞에서 허리를 굽히는 것은 어제까지 주인으로 한표를 행사했던 국민이나 시민들이다. 자세가 그렇게 되면 사고思考도 따라가게 마련이다. 다른 사람의 생각은 모두 하찮은 것이고. 오직 내 생각만이 옳다고 착각하는 독선으로 흐르기 쉬운 법이다. 집무실 문

을 활짝 열어놓고 원로들과 시민들의 말을 경청해서 그 중 시정施政에 도움이 될 만한 것은 즉각 반영해야 한다.

셋째: 인사관리를 공정하게 해야 한다.

'인사人事가 만사萬事'라는 말이 있다. 적재적소適材適所의 공정한 인사를 하면, 시성施政의 설반은 성공한 셈이 된다. 그러나 단체장과의 친분관계 또는 선거결과에 따른 논공 행상식 인사를 하게 되면 공무원들의 근무 의욕을 떨어뜨리고 기강이 무너지게 돼 결국 모든 실패의 지름길이 될 것이다.

넷째: 그 지역의 가장 중요한 문제점이 무엇인가?를 파악하고 그에 대한 해결책과 더불어 지역발전을 위한 청사진을 가지고 있어야 한다.

다섯째: 그 지역의 문제점 해결과 청사진의 목표를 달성하기 위해 중앙정부를 설득해서 그들의 협조나 지원을 받거나 계획을 실천할 수 있는 경륜과 능력이 있어야 한다.

여섯째: 부하를 설득하고 활기를 넣어 줄 수 있는 '리더십'이 있어야 한다. 시정을 수행해 나아가는데 있어 잘못이 생길 때에는 "단체장인 내가 책임을 지고" 잘한 일이 있을 때에는 부하들에게 "그 공을 돌리는" 상사의 진실한 모습을 부하 공무원들이 느끼게 될 때 그들은 하나로 단합할 수 있고 솔선해서 일할 것이다.

원래 지방자치제란 그 고장의 발전과 복지를 담당해야 하는 특성상 정당 공천자가 아닌 순수한 그 지역 인사들로 구성하는 것이 바람직하다고 사료되지만 여·야 정치인들이 당리당략에 따라 그들의 합의로 정당공천제가 돼버렸다. 여기서 선거를 해야 할 유권자들이 자칫 빠져들기 쉬운 과오는 단체장에 출마한 후보자에 대해 과거나 경력, 사람 됨됨이, 경륜 등을 점검해 보는 것을 외면 한 채 특정 정당에 무조건 표를 몰아주는 것이다.

이렇게 되면 과거의 부실이 되풀이 될 수밖에 없다.

최소한 위에 열거한 6가지 덕목(그 외에도 중요한 것이 많겠지만)이라도 고려해서 적임자를 선택 하는 것이 현명한 방법이 아닐까 한다.

목표가 없으면 성공도 없다

　세상 모든 사람들은 성공하기를 원한다. 그리고 이 말을 즐겨 사용한다. 예를 들면, "그 사람은 정말 성공했어." "나도 성공할 거야." "너는 꼭 성공해야 된다." 대개 이런 식이다.

　그럼 성공이란 말은 무슨 뜻을 가지고 있을까?

　국어사전에는 '목표를 이룸, 뜻을 이룸'이라고 설명하고 있다. 그러므로 "목표가 없으면 성공도 없다"는 논리가 성립된다.

　그럼 목표는 또 무엇인가? 역시 국어사전에 의하면 '어떤 목적을 이루려고 하거나 어떤 지점까지 도달 하려고 함, 또는 그 대상'이라고 적혀 있다.

　리더십 교육 전문가인 브라이언 트레이시는 "목표가 있으면 열정과 희망, 그리고 힘과 용기가 생겨서 모든 어려움을 극복할 수 있으며, 신념과 자신감이 생겨서 결국은 그 목적하는 바를 이루어 낼 수 있다"고 말했다.

예를 하나 들어보자. 화물을 가득 싣고 부산항을 출항해서 샌프란시스코항으로 항해하는 선박이 있다. 이 배의 목표는 그 곳에 도착해서 싣고 있는 화물을 하역하는 것이다. 이와 같이 목표가 분명하기 때문에 이 배에 타고 있는 선원들에게는 열정이 있다. 그리고 힘과 용기가 있다. 샌프란시스코항에 도착해서 화물을 하역한 다음에는 맛있는 스테이크를 먹으며 양주를 마실 수 있는 기회가 있을 것이고, 혹시 운이 좋으면 금발의 미녀를 만나 같이 춤을 출수 있는 멋진 시간을 가질 수도 있을 것이다.

그러나 그보다는 나와 사랑하는 내 가족들이 생활할 수 있는 급료를 받을 수 있는 것이다. 이 모든 것이 조합組合되어서 열정과 희망, 용기라는 에너지를 창출해내게 되는 것이다.

때문에 이 배가 태평양을 횡단하는 도중 사납고 거칠기 짝이 없는 태풍을 만나 비바람과 집채 같은 파도가 몰아쳐도, 그래서 이 배가 일엽편주처럼 언제 침몰할지 모르는 위험에 부딪친다고 해도 선원들은 혼신의 힘을 다해 태풍에 맞서 싸울 것이다.

이때 이들에게는 그들조차 생각지 못했던 초인적인 힘과 용기가 생기게 되고 끝내는 그 험한 태풍 속에서 살아남을 수 있을 것이다. 이렇게 어려운 고비를 겪으면서 항해를 계속 하다 보면 목적지에 가까워질수록 꼭 해낼 수 있다는 신념과 자신이 생기게 되고 드디어 그 목표를 달성해서 성공할 수 있는 것이다.

그러나 아무 목표도 없이 바다 가운데 떠있는 배가 있다고 가상해 보자. 그 배에는 목표가 없기 때문에 희망과 용기와 힘이 있을 리가 없다. 그래서 물결치는 대로, 바람 부는 대로 바다를 떠돌다가 자그마한 풍랑에라도 휘말리게 되면 그만 바다 속으로 침몰해 버리고 말 것이다.

이와 같이 목표가 있느냐? 없느냐?에 따라 엄청난 차이가 생긴다는 것을 우리는 알아야 한다.

지난 2000년 1월 1일 자정. 21세기가 도래한다는 흥분과 설렘 속에 종로 보신각 종소리를 가슴에 담으며 희망찬 새로운 한 세기世紀가 시작된다는 기대에 부풀었던 것이 어제 일만 같은데 벌써 6년이라는 세월이 흘렀다.

그러나 우리가 기대했던 것과는 달리 원유가 상승을 비롯해 국제 원자재파동, 환율 문제 등에 따른 국제 경쟁력 약화로 경제는 점점 어려워져만 갔고 이에 따른 실업률 증가와 함께 사회 모든 부문의 경쟁은 날로 치열해지고 있다.

이런 때일수록 살아남고, 성공하기 위해서는 목표를 가져야 하는데, 목표를 세우고 이루어 나가는데는 다음 몇 가지 원칙을 지켜야 한다.

첫째 : 목표를 세우기 전에 간절한 바람이 있어야 한다.

둘째 : 목표는 분명하고 구체적이어야 한다.

셋째 : 반드시 이룰 수 있다는 긍정적인 생각을 가지고 최선을 다해야 한다.

넷째 : 아무리 어려운 일이 있어도 결코 포기하지마라.

"목표는 삶과 죽음, 그리고 그 사람의 운명을 바꿔 놓을 수 있는 중요한 존재이다"

나무만 보지 말고 숲을 보아야

얼마 전 나는 『꿈과 낭만이 있는 세계로』라는 제목의 패키지 여행기를 출판했다. 학창 시절부터 동경해오던 외국여행에 대한 꿈을 이루는 것과 더불어 이제까지 살아오던 좁은 우물 안에서 벗어나 세계 여러 곳에서 살고 있는 많은 사람들의 삶의 모습을 살펴보고 싶었던 것이다.

여행은 주로 여행사를 통한 패키지여행상품을 이용했기 때문에 패키지여행을 하면서 느꼈던 점과 추억의 조각들을 주워 모아 하나의 책으로 엮은 것이다.

세계 각국을 여행하면서 느꼈던 점을 요약해보면 대략 다음과 같이 정리 해볼 수 있다.

1.동절기에는 영하 40 이하로 기온이 내려가는 동토凍土 위에

"잘살아보겠다"는 열정을 가진 국민들과 탁월한 리더의 역할에 의해서 그 곳에 지상낙원을 만들어 살고 있는 모습을 보았는가 하면. 1년 중 언제나 먹을 것이 풍성한 축복받은 땅에서 전쟁과 빈곤 속에 힘든 삶을 살아가는 모습을 보고 '국민들의 의식'과 '리더의 역할'이 얼마나 중요한 것인가 하는 것을 질실하게 느낄 수 있었다.

2. 세계 각국이 자신들의 역사와 문화를 얼마나 소중하게 아끼며 보존하고 있는가를 실감할 수 있었다.

한 가지 예로 체코의 프라하궁 문에는 세계2차 대전 때 체코를 점령한 독일군이 그 기념으로 체코인을 억누르고 서있는 동상을 세워 놓았는데, 전쟁이 독일의 패전으로 끝난 후 오늘까지 '그것도 자기네 역사의 하나'라고 그대로 보전하고 있다. 북경의 만리장성과 이집트의 피라미드 등 이렇게 보존돼온 문화유산이 있는 곳에는 세계에서 몰려온 관광객들이 달러를 퍼부어 이들의 후손들을 먹여 살리는 등 그들에게 톡톡히 보답하고 있었다.

3. 강대국이 약소국의 땅을 빼앗는 방법도 여러가지였다. 영국이 미국 대륙을 점령했을 때는 군대를 동원해서 총과 대포로 원주민들을 서부로 서부로 내몰았다. 그리고 그 거대한 대륙을 차지했다. 그러나 이 과정에서 영국이 입은 손실 또한 적지 않았던 것이다.

그래서 캐나다 침공은 그렇게 하지 않았다. 먼저 술과 아편을 원주민들에게 무제한 공급해주며 환심을 산 다음 그들이 완전히 중독됐다고 판단됐을 때, 공급을 끊고 조건을 제시했다. "앞으로 술과 아편의 계속적인 공급을 원한다면 땅을 내놓으라"고.

4. 지금 세계는 경제개발을 위해 온 힘을 다해 뛰고 있다. 특히 중국은 등소평의 "검은 고양이든 흰 고양이든 쥐를 잘 잡는 고양이가 좋은 고양이"라는 '사회주의경제체제의 한계'를 허물어 버리는 유명한 선언이 있은 후 '6개월을 1년으로 보아야'할 만큼 비약적인 발전을 하고 있는 중이다. 상하이를 중심으로 동북아 물류의 허브건설을 진행하고 있으며, 한국에 비해 10년 이상 뒤떨어져 있던 반도체 산업 기술은 1~2년차로 바짝 뒤쫓고 있다. 얼마 있지 않아 자동차 산업도 우리를 앞질러 갈 것이다. 여기에 엄청난 자금력과 값싼 노동력이 뒷받침 하고 있으며, 동남아 각국을 부품산업의 기지화하게 될 때 우리가 설 땅은 그만큼 줄어들게 될 것 같다.

5. 캐나다의 록키산맥을 여행하면서 3천 미터가 넘는 수 만개의 고산 준봉들이 머리에 만년설을 인 채 수 만년 아니 수 십 만년 동안을 묵묵히 늘어서있는 대자연을 바라보면서 "인간이란 존재는 도대체 무엇인가?" 하는 문제를 새삼스럽게 생각해보았다. 그 광대하기 이를 데 없는 자연에 비하면 보이지도 않을 만큼 작은 존재이고. 많이 살아야 백 년도 못사는 주제로, 그 짧은 생애에 좋은 일만 하려 해도 모자랄 텐데 서로 미워하고 속이고 이용하고 모함하고, 말 바꾸기와 거짓말을 밥 먹듯 하는 인간이란 존재는 얼마나 하찮고 불쌍한 존재일까?

숲속에서 한 그루의 나무를 보는 것도 소중하지만 그 숲 전체를 보는 안목도 이에 못지않게 중요하다. 그리고 그 숲을 보기 위해서는 숲 밖으로 나가야 한다. 그래서 그 숲의 상태는 양호한가? 앞으로 큰 홍수나 가뭄이 닥쳤을 때 피해를 입을 염려는 없을까? 산불 등이 일어났을 때 대처힐 방법은 무엇인지를 계획할 필요가 있다.

여행도 마찬가지여서 나라밖으로 나가 그 곳 사람들이 살아가는 모습과 세계 속에 조명되는 우리들의 모습을 살펴볼 필요가 있다.

지금 세계는 국민들의 의식이나 리더의 역할에 따라 삶의 질이 결정되고 있으며 이 삶의 질을 높이기 위해 눈부시게 뛰어가며 경쟁하고 있는 모습들이 손에 잡힐 듯이 보인다.

그 어느때 이제까지 경험해 보지 못한 가뭄이 닥치고 숲에 불이 붙을는지 모른다. 이제 숲을 바라보고 "불이야!"하고 소리쳐 경고할 때가 아닌가?

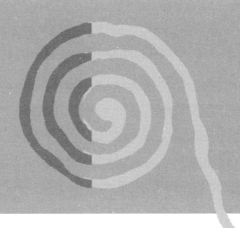

제 **4** 부

119 지킴이

매일 아침 접하는 화재소식

아침6시. 3대 방송사는 국내 및 세계의 소식을 전해주는 첫 뉴스로 그날의 방송을 시작한다. 정치, 경제, 사회문제와 함께 전날 밤에 발생한 사건 및 사고 소식을 전해 주는데, 요즘 들어 화재 발생 소식이 빠지는 날이 거의 없다.

화재가 발생하는 지역도 주택, 상가, 공장, 위락시설에 이르기까지 골고루 분포돼 있다. 타오르는 불길, 솟아오르는 검은 연기와 잿더미로 변해 버린 폐허의 모습, 그리고 그 앞에서 울부짖는 장면들이 TV화면을 장식하는 빈도가 잦아지고 있다. 그럼, 왜 이런 현상이 생기는 것일까? 앞으로 소방행정에 참고가 되기를 바라면서 다음 몇 가지 문제점을 짚어 보고자 한다.

첫째 : 우리 국민들의 화재에 대한 무관심이다. 얼마 전 일본을 방문 했을 때 다음과 같은 표어를 관심 깊게 본 일이 있었다. <설마하고 방심말고, 혹시나하고 불조심> 이런 내용이었다. 나는 이 표어를 보면서 <설마하고 방심하는 사람들>이 바로 우리 한국인들을 가리키는 것 같아 나도 모르게 얼굴이 붉어지는 것을 느꼈었다.

엄동설한에 창문 유리가 밤중에 깨어졌다고 하자. 밤새도록 찬바람이 집안으로 들어오면, 새벽같이 업자를 찾아 고쳐놓을 것이다. 그러나 화재발생의 우려가 있는 요소나 고장 난 소방시설을 발견 했을 때 잠을 못 이루는 사람들이 과연 얼마나 될까?

둘째 : 성급하고 남을 배려 할 줄 모르는 우리 국민성이 문제이다. 요즘 발생하는 주택화재의 원인 중 방화放火에 의한 비율이 높아지고 있다. 생활고나 신병을 비관한 나머지 집안에서 석유나 휘발유 같은 것을 끼얹고 분신을 하거나, 가족 간에 언쟁을 벌이다가 흥분한 나머지 인화물질을 끼얹고 불을 질러 버리는 행위, 그리고 사회에 불평불만을 품은 사람들이 자기와는 아무 관계도 없는 남의 집이나 차량에 방화를 하는 경우가 있는데, 이런 사례들은 과거에 보지 못했던 현상으로 토끼장 같은 아파트에서 살아가는 우리들이 깊은 우려를 하지 않을 수 없다.

셋째 : 화재발생의 원인으로 지적되는 것 중 대부분이 전기 누전이나 가스 시설 등의 노후, 취급 부주의 등인데, 이들 시설에 대한 점검 및 관리, 취급에 대한 대책을 체계적으로 마련해야 한다.

넷째 : ·스프링클러 설비 또는 물분무 등 소화설비가 설치된 연면적 5,000㎡이상인 것, 또는 아파트의 경우 연면적 5,000㎡이상이고 층수가 16층 이상인 것에 대하여는 '소방시설관리업체'만이 점검을 할 수 있으며, 그 이하의 것에 대하여는 그 소방대상물의 관계인, 방화관리자 또는 '소방시실관리업체'에서 점검 할 수 있도록 법으로 정하고 있으나 다음과 같은 문제점이 있다.

① '소방시설관리업체'의 주된 기술 인력인 '소방시설관리사'가 그동안 8회의 시험을 거쳐 총 431명이 배출되었으나 현업에 종사 하는 인원은 2백 수십 명에 불과(나머지는 공무원, 또는 다른 직종에서 근무)하기 때문에 관리사의 수가 절대적으로 부족하므로 방대한 점검 업무를 제대로 수행하기가 어려운 실정임.

② 그렇다고 단기간에 '소방시설관리사'의 수를 물리적으로 늘리려고 하면 관리사의 질이 저하될 것이 불을 보듯 뻔하다.

③ 소방대상물의 관리자나 방화관리자의 대부분이 자체 점검을 실시 할 수 있는 능력을 모두 갖추지 못한 상황이다.

다섯째 : 방화관리 대상물의 관계인은 방화관리자를 선임하여 그들로 하여금 소방계획서의 작성, 자체소방대 조직, 피난 시설 및 방화시설의 유지 관리, 소방훈련 및 교육, 소방시설의 유지 관리, 화기취급의 감독, 그 밖의 방화관리상 필요한 업무를 수행 하도록 법으로 정하고 있으며 이 업무를 담당할 방화관리자가 없을 때에는 '소방시설관리업체'에 위탁하여 업무를 대행 할

수 있도록 하고 있는데, 여기에도 문제는 있다.

① 한국 소방안전협회에서 실시하는 단기간의 소방강습교육을 통해 배출하는 2급 방화관리자가 실무를 감당하기에는 그 능력이 부족한 것이 현실이다.

② 그나마 총무나 공무 등 자기에게 주어진 고유 업무를 수행하기에 바쁜 나머지 방화관리 업무는 곁가지쯤의 하찮은 일로 취급하는 현실에서 그 기능을 발휘하기가 곤란하다.

③ 많은 소방 대상물 관계자들이 법에서 정한 바에 따라 '소방시설관리업체'에 방화관리 대행 업무를 위탁하고 있으나 고유 업무인 소방시설의 점검업무조차 '소방시설 관리사'의 부족으로 감당하기 어려운 실정에서 이 대행 업무를 제대로 수행 한다는 것은 물리적으로 어렵다.

이 밖에도 여러 문제점들이 있겠지만 위에 열거한 다섯 가지 문제에 대한 개선안을 다음과 같이 제시하고자 한다.

① 교육인적자원부와 협조해서 불조심 및 타인에 대해 배려하는 마음들을 어려서부터 기르도록 교육과목에 편성하도록 한다.

② 방화범에 대한 벌칙을 강화한다.

③ 소방, 전기, 가스, 건축 등으로 구성된 합동 검사팀을 운영해서 불안전 요소에 대해 사전 조치를 함으로써 화재를 사전에 예방한다.

④ 소방 설비 기사를 활용해서 일본의 예와 같이 '소방 시설

점검사' 제도의 운영 방안을 연구해 봄직하다. 대형 소방대상물에 한해서 '소방시설관리사'가 점검토록하고, 그 외에 것에 대하여는 '소방 시설 점검사'가 점검 할 수 있게 하면 '소방시설관리사'의 절대 부족 현상을 없앨 수 있을 것이다. 연면적 3만 제곱미터 미만의 특정대상물의 소방시설을 설계, 감리, 공사 할 수 있는 능력과 자격을 가진 소방 설비 기사가 점검이라고 못 할리 없을 것이다. 참고로 소방 설비 기사의 현황을 살펴보면 다음과 같다.

소방 설비 기사 (기계분야) 16,837명

소방 설비 기사 (전기분야) 31,719명

소방 설비 산업기사 (기계분야) 9,482명

소방 설비 산업기사 (전기분야) 12,298명

⑤ 방화관리자 강습 교육을 강화하고 (시간 및 내용에 대하여) 소방 방재청에서 시행하는 시험에 합격 하는 자에 한해 '방화관리자자격증'을 발급해 주는 등 방화관리자의 능력을 향상시키는 방안을 연구, 시행 하는 것이 바람직하다.

이 밖에도 여러 방안들을 연구하고 인원 및 장비 등에 집중적으로 투자를 해서 아침마다 화재소식이 들려오지 않았으면 좋겠다.

발코니 유감有感

달 밝은 밤. 어느 아파트 창문 밑에서 연미복 차림의 멋진 금발청년이 위층 발코니를 쳐다보면서 사랑의 세레나데를 부르고 있다. 몇 소절인가 노래가 계속 되자 2층의 창문이 열리면서 발코니위로 아름다운 금발의 처녀가 나타났다. 그녀는 발코니에 만발한 튤립과 장미꽃에 싸여서 청조하고 더욱 아름다워 보였다. 그녀는 얼굴에 하나 가득 미소를 띄우고 청년을 향해 손을 흔들어 인사를 보낸다.

1960년대. 우리나라에 아파트 건설이 본격적으로 시작됐을 때. 어느 영화의 한 장면에서 보았던 위와 같은 낭만이 머지않아 우리에게도 다가오겠지…… 하는 기대감에 가슴 벅차 설레였었다.

그러나 막상 건설된 아파트 발코니에는 아름다운 꽃 대신에 각종 빨래들이 내널렸고, 그 집 여주인이 어떤 속옷을 입는지도 알 수 있을 것 같았다. 어디 그것뿐이랴. 부실공사로 인해 어느 날 아침 '와우아파트'가 무너져 내리는 바람에 아침 식사 중이던 주민들이 건물 더미에 깔려 비명횡사하는 참변을 당하기도 했었다. 그 후 아파트의 질은 좋아졌지만 "어느 아파트 몇 평형에 사느냐"가 그 사람의 부(富)를 평가 하는 잣대가 되기도 했고. 나중에는 투기의 대상으로 변해서 며칠사이에 앞집 영자 엄마가 몇 천만 원이라는 거액을 손쉽게 챙기는 것을 보고 그렇게 하지 못하는 대다수 국민들은 자기가 마치 바보가 된 것 같은 상대적 열등감에 빠지게 되었다. 근로자들은 근로 의욕을 상실하고, 빈부의 양극화 현상은 심해져만 가서 심각한 사회문제로까지 발전하게 되었다. 이에 정부는 아파트 투기를 잡기 위해서 온갖 조치를 다 하다가 급기야는 "8·31 부동산 종합대책"이라는 비상 카드를 내놓게 된 것이다. 그런데 난데없이 지난 10월 13일 건설교통부가 내년 1월부터 아파트 발코니 확장을 허용하겠다고 밝혔다. 건설업계와 학계에서는 "그동안 설계 및 건축기술의 발달로 발코니를 거실이나 침실로 확장 개조해도 구조적인 안전에 위협이 되지 않는다"며 규제 해제를 요청했지만 정부는 이를 무시하다가 "8. 31 부동산 종합대책" 이후 얼어붙은 건설경기를 살리는 카드로 사용했다는 이야기도 있다.

그러나 건교부는 당초 내년 1월 합법화를 추진하려다가 올해 연말 입주 예정인 사람들의 거센 반발과 빗발치는 요구에 의해 발코니 확장을 한 달 앞당겨 11월중으로 조기 시행한다는 방침을 정하고, 통상 20일인 입법 예고 기간을 8일로 줄여 규제심사 절차도 간소화하는 등의 방법으로 통상 3~4개월이 소요되는 입법 절차를 1달 반 정도로 했다고 한다. 이런 개정안 시행으로 오는 12월에 입주하는 7만 8천 가구의 아파트들은 발코니 확장 허용의 혜택을 볼 수 있게 됐다.

그러나 이번 발코니 확장에 관한 행정은 아파트 화재의 수직적인 연소 확대와 대형화로 인한 국민들의 생명과 재산의 손실은 생각하지도 않은 탁상 행정이라는 비난을 받고 있다.

즉 아파트에 수평면으로 연소되는 화재는 가구마다 내화벽으로 막혀있어 불길이 번지는 것을 차단할 수 있지만, 아래층에서 위층으로 수직연소 되는 화재의 확대는 차단할 방법이 없다는 것이다. 위층과 아래층 사이에 외부로 돌출되어 있는 발코니에 화염이 닿으면 위층으로 상승하지 못하고 건물 외부로 불길의 방향을 바꾸어 놓아 이제까지 발코니는 아파트 화재시 수직연소의 확대를 차단하는 유일한 방화구조로서의 역할을 담당해온 것이다. 뒤늦게 소방당국의 이의 제기를 받은 건설교통부는 발코니 확장의 전제 조건으로 "발코니 부분에 스프링클러와 화재 경보 설비를 갖추어 놓고 옆의 가구와 통하는 갑종 방화문을 설치 한 것"에 한하여 확장을 허용할 방침이라고 했다. 그러나 뒤이어 기존 아파트에는 스프링클러 설비가 쉽지 않다는 문제가 제기되자 발코니 외벽 아래 부분에 높이 90cm의 방화유리

또는 방화판을 설치하는 방안으로 대치할 수 있도록 했다. 이는 아랫집에서 올라오는 화염을 차단하기 위한 장치라고 한다. 그러나 과연 방화유리가 실제 화재 시 화염을 차단할 충분한 성능이 있는 것일까? 또 높이90cm의 방화유리나 방화판 설치가 아래층에서 올라오는 연소를 차단할 수 있는 기능이 있는 것인지? 이에 대한 실험데이터나 근거 자료는 가지고 있는지? 궁금하다. 또한 구조대가 도착할 때까지 일시적으로 화염을 피할 수 있는 대피공간으로 발코니 중 한곳에 $2m^2$~$3m^2$의 공간을 반드시 설치하도록 의무화 했다고 한다. 그러나 염려 되는 것은 대피공간이 화재시 연소 부분으로부터 돌출 격벽이나 내화구조의 벽 등으로 보호되어 있지 않기 때문에 '대피공간'이 오히려 '죽음의 공간'으로 변할 수 있을 뿐 아니라 대피를 위해 옆에 가구와 설치해놓은 각종 방화문이 도난방지, 사생활 보호 등으로 잠금 상태에 있다면 무용지물이 될 수밖에 없으며 그렇게 될 가능성이 불을 보듯 뻔하다. 그런데 더욱 모를 것은 국민의 생명과 재산을 불구덩이 속으로 몰아넣을 지도 모를 졸속 행정을 왜 이렇게 다급하게 몰아붙이느냐 하는 것이다. 1/10,000 이라도 이로 인해 아파트 대형화재가 발생했을 때, 누가 책임을 질것인가? 건교부당국은 이점을 확실하게 짚고 넘어가야 한다.

이런 판국에 영화 속에서 본 아파트의 낭만을 꿈꾸어 본다는 것이 얼마나 어리석은 일일까?

# 대구 소방관 여러분, 힘 내세요!

2005년 한 해가 마지막 저물어 가는 12월 29일 밤. 대구 시내는 요란한 소방 자동차들의 사이렌 소리에 묻혀 버렸고, 서문시장은 시뻘건 불꽃과 함께 솟아오르는 검은 연기 기둥이 일대를 뒤덮었다.

그날 밤 10시경. 서문시장 2지구에서 발생한 화재로 12월 31일까지 3일간을 비상소집 된 1,500명의 대구시 소방관들은 현장에서 맞교대를 해가며 불과 싸워야만 했다.

화재 장소인 서문시장 2지구의 경우 70년도에 지어진 지하 1층, 지상 3층의 노후 건물로서 내부구조는 길이가 120여 미터, 폭이 45미터의 광활한 밀폐형의 미로迷路로 되어 있었고, 특히 연말연시 대목장을 위해 각종 의류와 원단, 침구류 등을 과적해

놓아 소방환경이 극히 열악한 상황에 있었다고 한다.

거기에다 심야시간에 발생한 화재는 화재 발생 신고가 지연되고, 스프링클러가 설비의 결함으로 화재시 작동 되지 않아서 초동 진화에 실패함으로서 어려움을 겪게 되었다.

신고를 받고 현장에 달려간 초기 도착 소방관들은 건물 내로 진입하여 유독 가스와 연기, 그리고 열기가 가득한 공간속에서 장시간동안 불과의 전쟁을 치뤘으나 각종 화학 섬유 제품들이 타들어가는 불길의 속도를 따라잡기에는 역부족인 상황이었다고 한다.

뒤이어 도착한 소방관들 역시 1층, 2층, 옥상 그리고 동서남북으로 포위하여 진화 작전을 전개하는 등 필사적으로 화재와 맞서 싸웠으나 꽉 들어차 쌓여 있는 가연물질에 한 번 붙은 불은 끊임없이 되살아나 방화닥트를 녹여버리고, 방화벽을 무너뜨려서 급기야 닥트를 따라 2, 3층으로 급속하게 번져 나감으로써 노후된 건물은 이를 견디지 못해 구조물 균열과 건물 붕괴로 이어졌으며 결국 소방관들이 건물 밖으로 후퇴할 수밖에 없도록 되었다.

이와 같이 어려운 여건에서도 대구 소방본부 산하 7개 소방서와 경찰, 한전, 통신, 적십자 자원봉사 대원 등 무려 1,958명의 인력과 헬기를 비롯한 소방차량 116대가 투입됐으나 시장 2지구 전체가 피해를 당해 소방서 추산 약 180억, 상인들 주장으로는 수백억원부터 1,000억원대에 이르는 손해를 입게 되었으며, 화재로 인해 재산과 생계를 이어갈 터전을 잃어버린 상인들은 소방서 앞에 몰려와 시위를 벌이기도 했다.

그러나 이 와중에서도 다행스러운 것은 인명 피해가 없었다는 것이다. 소방관들은 초기에 지하 식당가에서 20여명의 인명을 구출했고 주변 상가로 번지는 불길을 최선을 다 해서 차단했다.

3일간 현장 맞교대를 해가며 화재 활동을 하는 동안 소방대원들은 누적된 과로로 인하여 4명의 부상자가 발생해 병원에서 입원 치료를 받았다고 한다.

특히 다행스럽게 생각하는 것은 그날 현장 지휘관들이 화재 진압에 과욕을 부려 건물 내로 무리하게 직원들을 진입시켰더라면 유독가스와 건물붕괴 등으로 수많은 순직자가 발생하는 끔찍한 참사가 발생했을런지도 모른다. 이것은 생각만 해도 등골이 오싹한 일이다. 각급 현장 지휘관들의 현명한 대처로 인해 이런 끔찍한 일이 발생 하지 않았다는 사실 한 가지만으로도 현장 지휘관들에게 치하를 드린다.

신문 보도에 의하면 화재 사건이후 상인들은 "어떠한 사고도 우리들 책임이며 심지어 목숨을 잃을지라도 결코 책임을 묻지 않기로 서약한다"는 각서에 사인을 하고 폐허 속으로 들어가 불에 안타고 남은 물건들을 빼내다가 금방이라도 무너져 내릴 것 같은 건물 밑에서 팔고 있다고 한다.

대구시 소방관 여러분은 시장2지구 건물을 화재로부터 지켜내지 못했다는 자괴감에 빠져 죄인처럼 웅크리고 있지 말고 용기를 갖기 바란다.

이번 사태를 거울삼아 제2의 서문시장 같은 화재사고가 발생하지 않도록 나머지 재래시장에 대해 철저하게 점검하고 미연에 예방조치를 할뿐 아니라 유사시 진압 대책에도 만전을 기해야 할 것이다. 그것이 국가와 국민으로부터 위임받은 소방관 본연의 임무를 다하는 것이라고 우리는 믿는다.

그리고 만일에라도 외부의 정치적 입장에 따라 소방관들을 희생양으로 삼는 일이 있어서는 절대로 안 될 것이다.

어느 소방인의 편지

L형. 금년 겨울은 유난히도 추위가 빨리 온 데다 날씨 또한 추운 것 같습니다. 그래서 그런지 아침 뉴스 때마다 화재소식이 끊일 날이 없습니다. 가까이는 대구 서문시장의 대화大火를 비롯해서 크고 작은 불들이 연달아 발생하고 있습니다.

L형. 그동안 너무 무심했던 것 같아 죄송스럽기 그지없습니다. 무례를 널리 이해해주시기 바라면서 요즘 잇단 화재 소식을 접하면서 불현듯 L형과 지내던 옛날 생각이 나서 그동안의 소식을 몇 자 적어봅니다.

L형. 우리가 소방서를 함께 그만둔지도 벌써 37년이 지났군요. 강산이 세 번 변하고도 남는 세월입니다. 그 사이에 동안이었던 얼굴에는 나도 모르게 깊은 주름이 패었고 머리에는 백설이 덮였습니다.

37년 전. 미군이 쓰다버린 GMC트럭을 개조해 만든 소방차 꽁무니에 매달려 신나게 화재 현장으로 달려가던 일. 유난히도 춥던 겨울밤에 화재 현장에서 미끄러지고 자빠지고. 동태처럼 꽁꽁 얼어붙어서 발을 동동 구르던 일. 이런 모든 것들이 바로 어제 일처럼 생생하게 눈에 선합니다. 그래도 그때 우리는 이것을 천직으로 알고 맡은 일에 최선을 다했지요.

그러나 그 당시 소방업무는 경찰산하에 예속되어 있어서 3·1절, 4·19, 5·16을 비롯해서 광복절, 추석, 신정, 구정에 이르기까지 경찰이 비상근무를 할 때면 우리도 어김없이 비상근무를 해야했지요.

그 뿐이던가요? 데모진압 현장에도 경찰과 같이 투입돼서 데모 군중들에게 물감을 뿌려야 했지요.

그런 연유로 해서 6·3사태 때는 소방서로 몰려든 데모 군중들의 돌팔매질로 유리창이 하나도 안남고 다 깨져 버렸죠.

그런 와중에서 우리 직업에 더 이상 비전이 없다고 판단한 L형과 내가 소방서를 함께 그만 두었지요.

L형! 형은 소방서를 그만둔 후 미련 없이 소방계를 훌훌 떠나 버렸지만 나는 그 동안 소방 설비 공사업에 종사하면서 어언 37년이 지났습니다.

영세 업종인 소방 설비 공사업에 종사하면서 그 동안 말할 수 없는 괴롭고 어려운 일도 많았습니다.

그러나 최선을 다한 후 소방인만이 느낄 수 있는 보람도 있었습니다. 특히 내 손으로 설치한 소방시설에 의해서 수십 명의 귀중한 생명과 수 천 억원에 이르는 재산들이 화재로부터 지켜질 수 있었던 것을 확인했을 때는 솟아오르는 기쁨과 긍지, 그리고 형언할 수 없는 보람을 느꼈지요.

이런 보람된 일이 있었기에 나름대로 자부심을 가지고 소방업계에 머물렀었는지도 모릅니다.

이제 보람있던 일 중에서 몇 가지를 이야기 해 드리겠습니다.

사례 : 1

소방설비 공사업을 시작하고 나서 몇 년 후의 일이었습니다. 서울 B동에 있는 연건평 500여 평의 5층짜리 복합 건물에 소방설비를 시공해 준 일이 있었습니다.

하루는 건축주로부터 "저녁에 좀 만나자"는 전화가 걸려 왔습니다. 며칠 전 화재가 났다는 것입니다. 황망한 마음에 상황을 더 물어볼 겨를도 없이 전화를 끊고 "혹시 소방시설이 제대로 작동이 안 되었나?" 하는 불안감속에서 저녁이 되기를 기다려 약속 장소에 나갔습니다.

그러나 건축주는 뜻밖에도 밝은 얼굴로 반갑게 맞아 주면서 "소방시설을 잘 해 주어서 정말 고맙다"면서 저녁 식사를 대접하겠다는 것이었습니다.

내용인즉 며칠 전 3층에 세 들어 있는 봉재공장에서 젊은 공원 다섯 명이 밤늦도록 야근을 끝낸 후 술들을 마시고 전기다리미의 플러그를 그대로 꽂아 놓은 채 깊은 잠에 골아 떨어졌다고 합니다. 과열된 다리미가 흩어져있는 양복지들을 태우고

칸막이 커튼으로 옮겨 붙어 불길은 천장으로 올라갔습니다. 그러나 잠들어 있는 사람들은 화학섬유가 타면서 발생된 연기에 질식되어 움직이지 않았습니다.

천장으로 올라간 불길은 '자동화재탐지기'를 작동시켰고, 새벽 2시경 고요한 적막을 찢는 경종소리에 놀란 이웃 사람들이 뛰쳐나와 진화작업을 한 덕분에 화재는 초기에 소량의 피해로 그쳤다는 것입니다.

연기에 질식됐던 공원들도 병원에서 응급치료 후 모두 깨어났다고 합니다.

피해부분은 세들어 있는 봉재회사 대표가 "놀라게 해드려서 죄송하다"면서 즉시 복구를 해 놓았는데 화재보험회사에서는 보험회사대로 보험금을 내주어서 오히려 돈을 벌게 되었다고 고맙다는 것이었습니다.

"화재경보기가 작동 하지 않았으면 다섯 명의 인명피해를 내는 큰 화재로 발전해서 정말 큰일 날 뻔했다"고 극구 치하하는 건축주 앞에서 귀중한 인명의 희생을 미연에 막았다는 뿌듯한 자부심이 솟아오르는 것을 느꼈습니다.

사례 : 2

그 후로 몇 년 뒤에 P시에서 영업을 하고 있을 때 일입니다. <N의료기 회사>에 설치된 자동화재 탐지설비에 대한 전반적인 정비 및 보수를 도급 받아 시공했는데 시설이 너무 노후되었고 정상적인 관리를 하지 않아 배선은 단선 상태인데다가 전원도 들어오지 않는 불량한 상태였습니다.

노후된 시설은 새로 교체하고 끊어진 배선은 이어가면서 한 회로. 한 회로를 정성 들여 일주일만에 정비 공사를 완공했습니다. 그런데 이상한 현상이 일어났습니다.

이때가 초겨울이었는데 밤 12시쯤 되면 자동화재 탐지시설의 화재경보가 요란스럽게 울려서 경비요원들이 소화기를 들고 뛰어가 보면 화재가 발생한 곳이 없다는 것입니다. "어떻게 공사를 했길래 이렇게 오작동이 나느냐?" "X개 훈련시키는 것도 아니고 밤 12시에 소화기를 들고 뛰어다니게 만드나?" "화재경보기를 당장 없애던지 해야지 더러워서 경비원도 못해먹겠다" 경비원들의 원성은 대단했습니다.

그래서 우리 회사의 기술요원들을 모두 동원해 오작동의 원인이 됨직한 문제점을 세밀히 점검했지만 이상을 발견하지 못하고 일주일이 지났습니다.

일주일 동안 <N의료기 회사>로부터 항의와 "빨리 고쳐 내라"는 독촉이 자심 했습니다.

8일째 되던 날. 저는 직접 현장에 나가 상황을 체크해 보기로 결심하고 공장장과 같이 시설을 점검해 나갔습니다. 먼저 경비실에 수신기를 체크하면서 "화재경보가 울릴 때 어느 회로 표시등에 불이 들어오는가?"를 물어봤더니 '3번 경계구역'에 불이 들어온다는 것이었습니다.

나는 공장장과 같이 '3번 경계구역'의 시설들을 하나 하나 점검해 나갔습니다. 그런데 한 곳에 이르니 목재로 2층 다락방을 만들어 놓은 것이 눈에 띄었는데 사다리로 올라가 보니 한 20평쯤 되는 마루에 매트리스가 깔려있고 한편에 침구가 놓여있었습니다. "지방에서 온 공원들을 임시로 재우는데 15명서부터 20명까지 재운다."고 공장장이 말해주었습니다.

다락방 마루에서 천장까시의 높이는 1.5미터쯤 되는 아주 낮은 높이였는데 그때 문뜩 마루 위에 놓여있는 석유난로가 눈에 들어왔습니다. 그리고 바로 그 위에 차동식 감지기가 설치되어 있었습니다. 그것을 보는 순간 그 무엇인가가 번쩍 하고 머리를 스쳐 지나갔습니다.

그래서 나는 "밤이면 저 석유난로에 불을 지피느냐?"고 물었더니 "절대로 사용한 적이 없다"고 그곳에 있던 공원들이 합창하듯 대답하는 것이었습니다.

나는 공장장을 보고 말했습니다.

"오작동의 원인은 바로 이것입니다. 요즘 날씨에 밤 12시쯤 되면 추위 때문에 저 석유난로에 불을 피웠을 것이고 천장으로 올라간 열기에 저 감지기가 동작한 것이 틀림없습니다" 나는 단언하면서 "이 정도에서 발견된 것이 다행입니다. 만일 피곤에 지친 공원들이 잠결에 석유 난로를 걷어차 쓰러지게 될 경우 20여명의 생명은 화마에 희생당할 위험이 있습니다. 지금 당장 저 난로를 치우시지요. 나는 이 감지기의 감열 부분을 분리해서 화재 감지의 기능을 정지시키겠습니다. 앞으로 일주일 안에 다시 오작동 소동이 있으면 공사비 전액을 받지 않겠습니다."

그 날 이후 열흘이 지났어도 오동작이 발생했다는 연락이 없었습니다. 공장장을 찾아갔더니 반갑게 맞이하면서 몇 번이고 그 동안 미안했다는 말과 "정말 큰일 날 뻔 했습니다. 당장 새 기숙사를 마련하기로 했지요. 소방시설을 정비한 덕을 톡톡히 보았습니다." 하고 소방시설 예찬과 함께 극구 치하하는 소리를 들었습니다.

L형! 어느새 밤이 깊었나 봅니다. 오늘은 이 두 가지 애기만 전해드리고 앞으로 종종 재미있는 내용들을 전해 드리겠습니다. 아무쪼록 추워지는 날씨에 건강 조심하시고 종종 근황에 대해 소식주시기를 바랍니다. 그럼 오늘은 이만 줄이겠습니다.

방화건축防火建築문제, 이대로 좋은가?

벌써 오래 전 일이다. H건설에서 A시市에 조립식 고층 아파트를 건설했었다. 그런데 이 아파트가 완공된 후 입주한 주민들에게서는 원성이 터져 나왔다. 콘크리트 판板을 조립하는 과정에서 세대 간을 구획하는 벽에 틈새가 잘 맞지를 않아 어른 주먹만한 크기의 물건들이 들락날락 할뿐 아니라 이웃 세대 간에 조그만 소리도 그대로 들리는 형편이었다.

주민들은 건설회사에 시정해줄 것을 요구했으나 건설회사는 이 핑계 저 핑계를 대면서 차일피일 날짜만 끌 뿐 근본적인 시정 조치를 해 주지 않았다.

열이 받친 주민들은 건설사의 무성의를 규탄하는 농성을 하는 등 적극적인 투쟁을 전개했다. 이 소식은 언론 매체를 통해 보도 되었고, TV방송사에서는 현장 심층 취재를 위해 취재팀을 현장에 파견했다.

취재팀은 현장에서 농성하는 주민들의 생생한 모습을 카메라에 담은 후. A시市의 건축과를 방문했다. "이렇게 부실한 건축물에 대해 어떻게 사용승인을 해주었는지?"를 알아보기 위해서였다. 그러나 이들을 맞은 건축과장으로부터 "세대 간을 구획하는 벽에 그렇게 큰 틈새가 있다면 화재가 발생했을 때 이웃으로 연소되는 통로 역할을 하게 되므로 소방서에서 철저하게 체크하기 때문에 소방서에 가서 알아봐야 할 것"이라는 설명을 듣고 취재팀은 소방서로 향했다.

별안간에 TV카메라를 메고 들어선 취재팀에게서 방문 목적에 대해 설명을 들은 소방서장은 황당하게 생각하면서 법령집을 취재진 앞에 펴 놓고 차근차근 설명을 했다. "자, 이것이 건축법령집입니다. 여기를 보시면 건축법 시행령에 피뢰설비, 비상용 승강기, 내화구조, 방화구조, 불연재료, 피난계단(비상계단) 방화구획 같은 방화건축의 설치근거 및 구조 등이 상세하게 규정되어 있습니다. 건축법에서 정하는 것을 소방서장이 규제 할 수가 없는 것 아닙니까? 이 문제에 대한 소관부서는 당연히 시청 건축과이지요." 소방서장의 설명을 들은 취재팀은 카메라를 메고 다시 시청 건축과로 떠났다.

이 취재팀을 왔다갔다하게 만든 것은 '방화건축 문제'이다. 이 일이 있은 후 십 수 년이 지난 오늘까지 건축과 담당 공무원들이나 건축 감리사들 중에는 시청 건축과장의 생각처럼 '방화건축문제는 소방서 소관'이라 생각하고 소홀하게 처리하는 경우가 의외로 많다는 사실에 놀라지 않을 수가 없다. 그리고 방화구획이 제대로 되어있지 않거나, 내장재가 불연화되어 있지 않거나, 내화구조가 부실하거나 하는 건축물에서 대형화재가 발생했고, 피난설비가 부실한 건물일수록 화재 발생 시 인명피해가 컸었다는 것은 통계가 증명해주고 있는 것이다.

이런 현상들을 보다 못한 소방서에서 방화건축문제를 규제하거나 간여하게 되면 건축 관계자들의 이런 생각은 더욱 굳어져만 간다.

이런 상황 속에서 소방법령에 확실하지 않은 대목을 집어넣은 것은 국민들에게 불편만을 가중시킬 뿐이다. 즉, 소방시설공사업 법 제 16조(감리)1항.8호에 다음과 같은 규정이 있다. "소방감리업자는 소방공사감리를 함에 있어서 다음 각 호의 업무를 수행 하여야 한다."고 한 다음 "피난·방화시설의 적법성 검토"라고 명기해놓은 것이다.

바로 이 조항 하나 때문에 일부 소방 감리사들은 소방 시설들이 적법하게 설치돼있어도 이 조항을 위반한 부분에 대한 시정 없이는 <소방시설 준공 검사 필증>을 발급해 줄 수 없다고 거부한다. 그렇다고 건축공사를 소방시설 공사 업자가 시공 할 수 있는 것도 아니다. 할 수 없이 건축주에게 시정해줄 것을 요청하면 오히려 "건축 감리사가 괜찮다는데 왜 소방 쪽에서 문제를 삼느냐"면서 소방공사업자의 무능함을 질책한다. 이래저래 죄 없는 소방공사업자만이 죽을 맛이다.

설혹 건축주가 이해를 하고 시정 조치를 한다 해도 문제가 많다. 건축공사 진행 중에 했으면 아무 문제가 없을 텐데 완공된 벽을 헐어 내고 내화구조로 재시공하고 가연성 자재를 뜯어 내고 불연성 자재로 교체하는 것은 공기工期나 비용면에서 집을 다시 짓는 것만큼 힘들고 짜증스러운 일이기 때문이다. 결국 죽어나는 것은 국민들 뿐인 것이다.

하나의 법을 2개 부처에서 간여하다보니 이런 부작용과 말할 수 없는 고통을 국민에게 주게 된다는 것을 정책 입안자들이나 법을 집행하는 실무자들이 꼭 알아 두어야 한다.

그러면 어떻게 해야 할까? 두 가지 방법이 있다. 하나는 차제에 방화건축에 관한 사항을 건축법에서 소방관계 법령으로 옮겨 오는 것이다. 다른 하나는 전적으로 건설교통부 책임아래 업무를 추진하되 대형 화재가 발생했을 때 그 원인이 방화건축 때문이라고 판명되면 엄격하게 담당자에게 응분의 책임을 묻도록 하는 것이다.

여하튼 하나의 법을 2개 부처에서 집행할 수는 없다. 한군데로 업무를 몰아서 책임한계를 분명히 하는 것이 필요하다. 2명의 부인을 데리고 살던 어느 남자가 어느 날 교통사고로 사망했는데 걱정을 하는 부인은 하나도 없더란다. A부인은 "B 부인 집에 갔겠지" 생각했고, B부인은 "A부인 집으로 갔나보다" 생각하면서 질투의 칼날만 갈고 있었다고 한다.

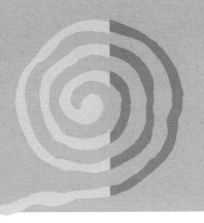

제 **5**부

여행체험기

행복한 비명을 지를 수밖에 없는 '랑카위'

쿠알라룸푸르에서의 하루

1월16일 아침. 유례없는 한파가 몰아닥친 서울의 기온이 영하 15도로 내려갔다. 오전 11시에 출발하는 말레이시아의 쿠알라룸푸르행 비행기에 탑승하기 위해 인천국제공항으로 가고있는 일행들은 여행사에서 제공해준 버스 안에서 두툼한 겨울옷들을 벗어 준비된 상자 안에 보관하고 열대지방에 가서 입을 하복으로 갈아입느라고 부산을 떨고 있었다. 버스 운전기사는 히터를 올릴 수 있는대로 올려서 차안의 온도를 높여주려고 애쓰고 있었다.

그러나 7시간 가까이 비행을 하고 나서 쿠알라룸푸르 국제공항에 내리니 더운 열기가 '훅' 하고 밀려온다. 시내 한식집에서 두부찌개로 저녁식사를 한 후 <크라운 프라자 무티아르 호텔>에서 쿠알라룸푸르의 첫날밤을 보냈다.

다음날 아침 호텔에서 식사를 마친 후 시내관광에 나섰다. 쿠알라룸푸르는 말레이시아의 수도로 인구는 약 50만 명 정도인데 공용어는 말레이어를 사용했다. 이곳은 말레이족 국가의 수도임에도 불구하고 주민의 2/3가 중국계이며 말레이계는 15%, 그밖에 인도계, 유럽인들도 있고 한국인 교포는 5천~6천 명 정도라고 한다.

이들은 거주구역을 달리 하고 있으며 직업, 생활수준 등에서도 뚜렷하게 구별되고 있는데, 예를 들면 상공업은 중국계, 군인·경찰·하급 관리는 말레이계, 교통 운수 종사자는 인도계가 많이 하고 있다고 한다.

우리 일행을 태우고 시내 투어에 나설 중형 리무진 버스에는 인도인 운전기사와 현지 가이드인 콧수염을 기른 무하마드씨 (이곳에서는 자국민의 직업보호를 위해 관광 라이센스를 가진 말레이시아인 가이드를 버스에 태우고 다니지 않으면 위법으로 간주되는데 실상 그들이 하는 일은 버스에 앉아 신문을 보는 것 외에는 투어 중 문제가 발생했을 때 나서서 해결해 주는 일밖에 없다고 한다) 그리고 한국인 가이드인 K씨가 우리를 기다리고 있었다.

시내는 도로와 각종 교통기관이 잘 정비되어 있었으며 1957년 8월 31일 영국기를 내리고 말레이시아 국기를 게양하게 된

메르데카 광장주변으로 많은 관광객들이 몰려들고 있었다.

쿠알라룸푸르의 명물인 88층의 쌍둥이 빌딩은 높이가 452m로, 세계에서 가장 높은 건물이며 도시경관의 중추적인 역할을 담당하고 있는데 그 중 한 개동과 공중에 가로놓인 연결 복도를 삼성건설에서 수주 받아 시공했다고 한다. 이 공사로 인해서 한국 건설업계의 기술수준을 높이 평가하고 있으며 한국인에 대해서도 친근감을 가지고 우호적으로 대해 준다고 했다.

투어 도중 K씨는 버스안에서 마이크를 잡고 이곳 사정에 대해 몇 가지를 설명해 주었다. 그의 설명에 의하면 외환위기 당시 말레이시아도 똑같은 고통을 받았지만 이 나라는 IMF 자금을 얻어 쓰지 않고 자력으로 극복해낸 자원이 풍부하고 자존심이 강한 나라라고 했다. 그리고 이곳은 치안과 질서가 확립되어 있기 때문에 안심하고 관광을 해도 좋은 곳이라면서 그 이유는 이곳 사람들의 성품이 온순하고 동남아에서 생활수준이 제일 높은 편이며 경찰은 국립경찰과 종교경찰인 회교 경찰 두 가지가 있는데 회교경찰은 율법에 따라 도둑질을 하면 손목을 자르고 강간범은 거세를 하는 등 매우 엄격하기 때문에 대부분의 국민들이 회교도인 이 나라는 그 영향을 크게 받는다는 것이다. 회교에 대한 이야기가 나온 끝에 다음 몇 가지 이야기를 더 해 주었다

"이 곳 회교도들에게 술과 돼지고기는 금기사항입니다. 이 금기 사항을 위반하면 처벌을 받습니다. 쇠고기도 구덩이를 파놓고 알라신에게 기도를 올려 소가 행복한 순간에 도살해서 구덩이에 피를 쏟아버린 성스러운 쇠고기만을 먹는다."는 것이다.

그리고 "회교에서는 4명까지 부인을 둘 수 있는데, 두 번째 부인을 얻을 때에는 첫째 부인의 승낙을 받아야 하고, 세 번째 부인은 첫 번째 부인과 두 번째 부인의 승낙을 얻어야 가능하며 네 번째 부인은 첫 번부터 세 번째 부인의 승낙을 모두 받아야 한다"면서 가정생활을 하는 데 있어서도 모든 부인에게 똑같이 공평하게 대우를 해주어야한다고 했다. 예를 들면 첫째 부인에게 반지나 새 옷을 선물했으면 나머지 3명의 부인들에게도 똑같은 선물을 해주어야 하고 둘째 부인과 근사한 레스토랑에서 만찬을 했으면 나머지 3명의 부인과도 똑같이 하지 않으면 안 된다고 한다. 심지어 잠자리까지도 공평하지 않으면 큰일이 난다고 한다. 그러면서 무하마드씨를 뒤에서 턱으로 가리키며 "저분도 부인이 3명이다"라고 귀띔해 주었다. 그 말을 듣고 무하마드 씨의 얼굴을 다시 한 번 쳐다보게 됐다. 여러 명의 부인을 데리고 산다는 것이 결코 아무나 할 수 있는 쉬운 일은 아닌 것 같았다

　K씨의 이야기를 듣는 사이에 버스는 어느 시장 앞에 멈추어 섰다. "여기는 쿠알라룸푸르에서 가장 큰 재래시장입니다. 한 번 둘러보시고 먹고 싶은 열대과일이 있으면 사가지고 저녁에 호텔에서 잡수시도록 하십시오." 우리는 버스에서 내려 시장 골목을 따라 들어갔다. 좌우로 온갖 잡화와 채소 등을 진열 하고 앉아 팔고 있는 모습이 옛날 우리 재래시장의 모습과 꼭 같았다.

　우리는 시장을 한 바퀴 둘러보고 나서 어느 과일전 앞에서 흥정을 했다. 파인애플, 망고, 망고스틱 같은 과일들을 한 아름

사서 비닐봉지 몇 개에 담고 두리안이라는 과일은 냄새가 고약해서 호텔에는 가지고 갈수가 없다고 해서 그 자리에서 껍질을 벗겨 맛을 보았는데 고린내가 그렇게 고약할 수가 없었다. 과일값은 생각보다 아주 싼 편이었다.

시장을 떠난 비스는 도시 외곽으로 빠져나가더니 높은 산 정상 위에 설치해놓은 카지노게임장 밑에 다달았다. 그 곳에서 케이블카로 정상에 올라가면서 발밑으로 전개되는 밀림들과 군데군데 만들어 놓은 오두막집 그리고 짐승들의 모습을 감상했다.

정상에 다달아 카지노게임장으로 안내 되어 들어갔는데 넓은 실내에 설치해놓은 게임기마다 수많은 사람들이 붙어 앉아서 게임에 열중하고 있었다.

나도 얼마의 돈을 칩으로 바꿔 빈자리가 나기를 기다려 일확천금을 꿈꾸며 연신 게임기의 레버를 잡아 당겨 봤지만 순식간에 모두 잃고 밖으로 나와버렸다. 밖에 나와 보니 그 높은 정상에 설치해놓은 시설의 규모가 어마어마하게 컸는데 경영주는 중국인이라고 했다.

모두가 얼마의 돈을 잃고 우리들은 다시 케이블카를 타고 하산해서 점심식사를 한 후 왕궁과 이슬람사원을 돌아 보고 어느 깊은 산속으로 들어갔다.

그 곳은 원래 원주민들이 살던 곳인데 도시가 확장됨에 따라 원주민들은 그 곳을 버리고 더 깊은 산속으로 들어갔고 지금은 주인 없는 빈 집들만 남아 있었다. 잠시 원주민촌을 돌아본 후 우리들은 어느 자그마한 공회당 같은 집으로 안내되었다.

그 안에는 의자들이 놓여 있고 앞 카운터 위에 우리나라 금복주 소주병에서 보던 주선酒仙같이 생긴 남자가 웃는 얼굴로 앉아있는 모습을 나무인형으로 만들어 앉혀 놓았는데 인형의 '거시기'가 12시 방향으로 하늘을 뚫을 듯이 서서 배꼽 근처까지 올라와 있는 것이 유난스럽게 눈에 띄었다. 이것은 나 하나만이 아니고 일행들 대부분이 그렇게 느낀 것 같았다.

K씨가 우리들을 의자에 앉도록 한 다음 "잠시 후 공보관님께서 '콩가달리'에 대해 좋은 말씀을 해주실 겁니다. 잘 들으시고 여러분 건강에 도움이 되시기를 바랍니다."라고 말하자 공보관이라는 한국인이 의사들이 입는 흰 가운을 걸치고 나타났다. 그는 "여러분 잘오셨습니다. 이곳은 보시는 바와 같이 원주민들이 살던 곳입니다. 그들은 이곳에 살면서 병이 생기면 이 '콩가달리'를 구해다먹었는데. 모든 병들이 신기하게도 나아서 만병통치 명약으로 알려져 있습니다. 실제로 학자들이 과학적으로 좋다고 합니다. 암이나 에이즈 같은 불치병에도 사용 할뿐 아니라 남성들의 정력에도 효험이 있는 것으로 알려져 있습니다. 그러나 이 '콩가달리'는 맛이 너무 쓰기 때문에 원주민들이 돌 틈에서 채취 해온 '석청'에 섞어서 드시기 편하도록 만들어 놓았습니다." 하면서 한번 씩 맛을 보라고 끈적끈적한 까만 액체가 담긴 약병과 스푼을 돌렸다. 돌아가면서 맛을 보던 중에 L씨가 공보관에게 "이 약을 먹으면 저 인형처럼 되나요?" 하면서 손가락으로 인형의 '거시기'를 가리켰다. 그러자 공보관은 "그럼요. 잡수시면 좋은 결과가 있을 겁니다." 하고 자신 있게 대답했다. 그 말에 K교수 부인은 얼른 40만원어치를 샀다. L씨가 30만원어치, C씨가 60만원어치 이런 식으로 모두가 약들을 구입해 소

중하게 가방에다 챙겨 넣었다.

약을 구입 한 후 우리 일행은 버스에 올라 랑카위 행 비행기를 타기 위해 쿠알라룸푸르 국내선 공항으로 길을 재촉했다.

전설이 숨 쉬고 있는 아름다운 랑카위

저녁 8시경. 비행기는 랑카위 공항에 도착했다. 그 곳에서 우리를 기다리고 있던 P씨를 만나 랑카위섬에 단 하나 밖에 없다는 한식당으로 가서 김치찌개로 저녁식사를 맛있게 했다. 이 음식점은 한국인 관광객의 유치를 위해 말레이시아 정부에서 얼마간의 유지비를 보조해 주고 있다고 P씨는 말해주었다.

저녁식사를 마친 후 숙소인 <펠랑기 비치 리조트>로 안내되었다. 사방은 벌써 캄캄한 밤인데 공해가 없는 곳이라 그런지 하늘에는 무수한 별들이 반짝이고 있었다. 그 중에서 가장 크게 빛나는 별이 '남십자성'인가 싶었다. 기분 좋은 바닷바람이 시원하게 불어오고 있었는데. 그날은 마침 스페인에서 온 관광객들로 붐벼서 라이브 쇼를 공연중인 노천카페는 혼잡했다.

잠시 기다리고 있으려니 각자의 숙소가 지정되었고 6~7명 정도의 인원과 짐을 실을 수 있는 오픈카(벽과 지붕이 없는 우리나라 딸딸이와 비슷하게 생겼다.)를 타고 숙소로 향했다. 이곳 리조트는 넓은 대지 안에 우리나라의 '펜션'같은 2층 건물이 백여동 이상 있었는데 포장 도로로 연결돼 있고 도로 변에는 아름다운 가로수와 화초들이 심어져 있었다. 리조트의 구조는 아래층과 2층에 방이 2개씩, 1개동에 4개가 별도로 구획되어 각기 밖에서 출입할 수 있기 때문에 4팀이 사용할 수 있도록 되어 있었다.

P씨는 숙소로 들어가기 전에 몇 가지 이곳 실정에 대해 이야기를 해 주었다 "이곳은 치안상태가 잘 돼있기 때문에 밤중이라도 마음 놓고 산책이나 거리를 다닐 수 있는 곳입니다. 다만 주무실 때는 에어컨을 켜놓으시고 창문은 잠그도록 하십시오. 얼마 전 신혼부부의 방에 창문으로 원숭이가 들어와서 카메라를 빼앗아 달아난 일이 있습니다." 그리고 "내일 아침 모닝콜은 6시에 드리겠습니다. 아침식사는 7시에 하시고 8시까지 식당 앞에 모여서 관광지로 출발하겠습니다. 시간을 꼭 지켜 주시고 안녕히 주무십시오."

P씨의 말이 끝나자 숙소로 정해진 방으로 들어갔다. 방안은 밖에서 보던 것과는 달리 투윈 베드와 욕조를 갖춘 아늑한 분위기가 어느 호텔에도 뒤지지 않는데다가 산장이나 개인 주택에 와 있는 것 같은 또 다른 멋을 느끼게 했다. 카페에서도 멀리 떨어져 있는 곳이기 때문에 왁자지껄하고 떠들던 소리도 들리지 않았고, 간간히 풀벌레 소리가 들리는 조용함 속에서 랑카위의 첫날밤을 지냈다.

고기 반, 물 반의 신나는 스노쿨링

다음날 아침. 우리일행은 버스에 올라 스노쿨링을 비롯한 해변에서의 즐거운 추억을 만들기 위해 리조트를 출발했다.

랑카위는 말레이시아 반도 최북단에 위치한 104개의 아름다운 섬으로 이루어진 군도로 일 년 내내 여름만 있는 곳이다. 고온 다습한 열대성 기후에 속하며 기온의 변화가 거의 없는 곳으로 연평균 기온은 27도 정도인데 우기철에도 비가 계속 내리지 않고 스콜싱으로 내리기 때문에 관광이나 야외 활동에 큰 지장이 없다고 한다.

섬의 상당부분이 열대성 수풀로 형성되어 있고 해안은 맑고 아름다워 주로 유럽인들이 휴양지로 즐겨 찾고 있는데 이 섬에는 하나의 슬픈 전설이 전해져 오고 있다.

내용인즉 지금으로부터 약2백 여 년 전. 억울한 누명을 쓰고 부당하게 간통죄로 사형을 당한 미녀 마수리가 결백의 증거로 흰 피를 흘리며 죽었는데 죽을 때 그녀는 "앞으로 7대에 걸쳐 이 섬에 저주가 내릴 것"을 예언했다고 한다.

그 후 예언대로 외부의 적으로부터 무수히 침략을 당해 온 섬이 황폐화되는 등 예언이 맞아떨어졌다는 신비의 섬이라고 했다.

우리 일행은 스노쿨링을 하는 섬으로 가기 위해 '쿠아' 선착장에서 버스를 내렸는데 전면으로 장엄하게 하늘을 차고 오르는 거대한 갈색 독수리 조각상이 눈에 들어왔다. 이 독수리 조각상은 선착장 일대의 바닷가를 압도하는 듯 선착장 근처 광장에 서있었는데 이 광장은 아름답게 조경공사를 하였으며 경치 좋은 연못, 다리, 계란 모양의 뜰로 갖추어져 있었다. 고대 말레이 어로 "카위(kawi)"는 갈색을 의미하며 "랑카위"는 갈색 독수리를 뜻하는데 "랑카위"의 상징물로서 저녁에 광장이 아름다운 조명으로 장식되어 배를 타고 이 섬으로 다가오는 관광객들에게 멋진 장면을 연출해 준다고 했다.

설명을 끝낸 P씨는 "일설一說에는 저 조각상을 북한 기술자들을 데려다 만들었다는 말이 있습니다. 북한에는 많은 동상들이 서 있고 그 동상을 만들다보니 세계적인 노하우를 인정받는 것 같습니다."라고 말했다.

잠시 후 우리는 배에 올라 바다로 나아갔다. 배는 섬 사이를 요리조리 빠져 나가더니 얼마 후 꽤 넓은 바다에 이르러 한참을 항해한 끝에 어느 섬에 도착했다. 섬을 몇 십 미터 앞두고 바다에 떠있는 선착장이 있었는데 배는 그곳에 정박했다. 우리는 그 선착장으로 올라가 마루 바닥에서 아래로 연결된 계단을 따라 내려가니 그곳은 바닷물 속에 잠긴 구조물의 실내였는데 벽에 유리가 설치되어 있어 바닷속 풍경이 벽면에 그대로 전개되었다. 붉은색 산호초 틈 사이로 빨갛고 흰 열대어들이 때를 지어 몰려다니며 헤엄을 치고 있었다. 유리 어항속에 물고기들을 잡아다 넣어두고 관상하는 수족관이 아니라 실내에서 바닷속 풍경을 볼 수 있는 수족관이었다. .

수족관을 관람한 후 다시 선착장으로 올라와 수영에 자신있는 사람들은 수영복으로 갈아입고 구명조끼를 지급받아 수경을 쓰고 바다로 뛰어들었다.

그들은 그곳에서 바닷속의 아름다운 모습들을 관상한 후 수영을 해서 섬으로 건너갔고 나를 비롯한 S형과 몇 명은 보트를 타고 섬으로 갔다.

바닷물은 바닥의 모래알을 셀 수 있을 정도로 맑았고 수온水溫은 따듯한데 경사가 완만한 것이 깊이가 얕고 깨끗한 모래가 깔려 있었다. 그리고 거짓말 안보태고 고기 반 물 반인 것 같았다. 내가 먹다 남은 빵부스러기를 바닷물에 풀어 넣었더니 팔뚝만한 상어 새끼를 포함해서 까맣게 물고기 떼들이 몰려와 겁이 날 정도였다. 그래서 "여ㅡ. 이것들만 잡아 가지고 가면 여행경비를 뽑고도 남겠다."고 했더니 P씨가 깜짝 놀라 "그런 소리는 하질 말라"면서 여기서 고기를 잡으면 처벌을 받는다고 경고를 주었다.

우리들은 그곳에서 일광욕과 물놀이를 하면서 시간 가는 줄을 몰랐는데 참으로 천지조화속이란 알 수가 없는 것이 지금 한국은 1월 중순의 혹한이 몰아칠 때인데 이렇게 물놀이를 하고 있는 것이 한없이 신기하기만 했다.

이렇게 하루를 보내고 다시 배에 올라 리조트로 돌아갔다. 그날 저녁 식사는 리조트 야외식당에서 바비큐 요리로 했다. 해질 무렵 시원한 바닷바람이 불어오는데 각종 육류와 게, 왕새우, 해물들이 진열된 곳에서 마음에 드는 것을 골라서 접시에 담아 가면 즉석에서 바비큐 요리를 해 주었는데 그때 담백했던 그 맛은 지금도 잊을 수가 없다.

저녁 식사를 마친 후 바로 숙소에 가기는 이르다고 해서 카페로 갔다. 어제 저녁 북적이던 스페인 관광객들이 다 떠나서 그런지 카페는 한산했다. 우리 일행들이 맥주와 음료를 시키고 자리를 잡고 앉자 이제까지 텅 빈 객석을 바라보며 노래를 부르던 가수팀들도 신이 났던지 단번에 우리가 한국인이라는 것을 알아차리고 '만남'을 부르기 시작했다. "앵콜"을 청하니 '서울 찬가'를 한곡 더 불러주었다. 또 다시 "앵콜"을 청하니 '그 외에는 아는 곡이 없다'고 했다. 그래서 S형의 18번인 "베사메무초"를 신청했더니 고개를 끄덕이고 곧 연주에 이어 노래를 부르는데 필리핀에서 왔다는 자그마한 여성들로 구성된 4명의 라이브쇼 단원들의 감칠맛 나는 노래가 듣기에 참 좋았다.

노래가 시작되자 맥주를 한잔한 S형은 평소에도 흥이 많은 터라 노래 부르는 무대 앞으로 나가서 단원중의 한사람과 춤을 추었다. 벽이 없고 지붕만 있어 시원한 저녁 바람이 불어오는 카페에서 즐거운 한때를 보내는 동안 랑카위의 밤은 점점 깊어만 갔다.

카페를 나와 숙소로 가는 길에 벌써 밤은 캄캄하게 어두워졌는데 공해가 없는 이곳의 공기는 향기로운 맛이 나는 것 같았고 하늘에는 남십자성이 유난히 밝게 반짝이고 있었다.

보트로 바다를 누비다

오늘이 랑카위에서의 마지막 날이다. 아침 식사 후 리조트에서 바다로 조금 걸어 나가니 해변가에 모터보트 한 척이 대기하고 있다가 우리를 태우고는 전속력으로 바다로 나갔다. 그리고 몇 개의 섬 사이를 돌아서 어느 섬에 멈추어 섰다. 우리는 배에서 내려 산으로 둘러싸여 움푹 파인 골짜기에 자리 잡고 있는 호수로 올라갔다.

이 호수에는 하나의 전설이 있었는데 "지구의 왕자와 결혼한 아름다운 외계의 공주가 아기를 낳았다. 그러나 그 아기는 줄산 즉시 불행하게도 세상을 떠났다. 공주는 너무도 슬픈 나머지 죽은 아기를 수정같이 맑은 호수 밑에 매장 했다고 한다. 그리고 공주는 돌아가기 전에 그 호수에서 목욕하는 아기 없는 부인들이 임신할 수 있도록 축복을 내렸다고 한다. 실제로 불임 여성들이 이 호수의 물을 먹은 뒤 출산했다"는 이야기인데 '믿거나 말거나'이다. 우리 일행 중의 몇이서 호수에 뛰어들어 수영을 했는데 호수가 너무 깊은 것 같고 물이 차가워서 금방 나오고 말았다.

다시 우리를 태운 보트는 전 속력으로 섬과 섬 사이를 질주하면서 해상관광을 시작했는데 눈을 뗄 수 없을 만큼 아름답고 깨끗한 여러 개의 작은 섬들을 물보라를 튀기며 전 속력으로 달리다가 갑자기 좌우로 급회전을 하는 보트 안에서 우리는 행복한 비명을 지를 수밖에 없었다.

이렇게 한 나절을 보내고 점심때가 되자 보트는 숲이 우거진 어느 아름다운 섬에 정박했다. 그곳 해변가에는 천막과 바비큐 시설이 준비돼 있었다. P씨는 게와 왕새우가 하나 가득 들은 통을 보트에서 들고 오더니 바비큐를 해서 일행들에게 돌렸다. 그때 먹은 왕새우는 왜 그렇게 맛이 있었던지? 생전 처음으로 실컷 먹었다.

우리가 점심식사를 하는 도중 숲속에서 원숭이들이 나타났다. 우리를 보고 멈칫 멈칫 하는 것이 배가 고파서 그러는 건지? 우리에게서 빼앗을 것을 엿보는 것인지? 불안하면서도 흥미가 있었다. 이때 P씨는 Y형으로 생긴 나뭇가지에 고무줄을 달아 돌을 날릴수 있는 새총을 뒷주머니에서 꺼내더니 원숭이들에게 겨누고 고무줄을 당겨 쏘는 시늉을 했다.

그러자 주춤거리던 원숭이들은 어느 틈엔지 숲속으로 사라져 버리고 말았다. P씨는 "저놈들이 이 새총에 혼이 나본 놈들이기 때문에 저렇게 도망을 친다."면서 껄껄 웃었다. 점심식사를 마치고 휴식을 취한 뒤 우리는 보트에 올라 리조트로 향했다. 리조트에서 여장을 꾸려 체크아웃 한 후 버스에 올라 공항으로 향했는데 P씨는 작별을 아쉬워하면서 이렇게 말했다 "말레이시아는 여러분이 보셨듯이 아름답고 살기 좋은 곳입니다. 이곳 사람들은 순수하고 특히 한국인에 대해 호감을 가지고 있습니다. 그리고 물가가 싸기 때문에 한국 돈으로 한 달에 150만원 정도만 있으면 풀장과 사우나 시설이 돼있는 아파트에서 태국이나 인도네시아인 가정부를 두고 3~4명의 가족이 골프를 즐기면서 상류급 생활을 즐길 수 있습니다. 이곳 임대 아파트는 생활하는 데 필요한 모든 것들이 갖추어져 있고 기후는 1년 내내 여름이기 때문에 갈아입을 옷 한 벌만 가지고 오시면 됩니다. 시험 삼아 1~2개월 쯤 오셔서 살아 보시는 것도 좋을 것입니다. 랑카위에서의 좋은 추억을 안고 안녕히 가시기 바랍니다."

 홍커우虹口 공원

　이른 아침, 중국 상하이에 있는 홍커우虹口공원에는 비가 내리고 있었다. 공원 안의 고요함을 깨려는 것처럼 파란 잔디와 나뭇잎 위로 비가 내리고 있었다.

　군데군데 처마 밑에는 아침 일찍 기공체조를 하러 나온 중국인들이 옹기종기 비를 피하면서 몸을 풀고 있는 평화롭고 한적한 풍경이었다.

　어떻게 이런 곳이 72년 전에 천하를 뒤흔들었던 윤봉길 의사의 의거가 있었던 현장이었던가? 믿기지 않을 정도로 고요함과 적막함 속에 그날의 장렬했던 역사를 묻어 버린 듯 조용했다.

　1932년 4월 28일, 윤봉길 의사는 거사 장소인 상하이 홍커우 공원을 사전 답사하고 숙소인 동방공우東方公寓로 돌아왔다. 그리고 아직 강보에 싸인 두 아들에게 시詩로 된 유서를 썼다.

"나의 빈 무덤 앞에 찾아와 한 잔 술을 부어 놓아라 / 그리고 너희들은 아비 없음을 슬퍼하지 말아라" …… 그리고 윤봉길은 사랑하는 남은 자식들에게 어머니가 있다는 점을 상기시키면서 맹자孟子, 나폴레옹, 에디슨 같은 위인을 거명했다. "바라건대 너희 어머니는 그의 어머니가 되고 / 너희들은 그 사람이 되어라"

윤봉길은 유서를 쓴 이튿날 아침, 자신의 6원짜리 시계와 김구 선생의 2원짜리 시계를 바꿔 찼다. 몇 시간 후면 자신은 시계가 필요 없을 게 뻔했기 때문이다. 그리고 김홍일(전 외무부 장관)이 마련해준 물통형 폭탄과 도시락형 폭탄 2개를 준비했다. 의심받지 않고 행사장에 지참할 수 있는 물건이 도시락과 물통뿐이었기 때문이었다. 1932년 4월 29일, 홍커우 공원에서 거행된 일왕 생일(천장절) 기념식장에서, 윤의사는 물통형 폭탄을 먼저 던져 일본 상하이 파견군 대장, 시라카와 요시노리(白川義則)와 상하이 일본 거류민단 단장 가오바타 사다쓰구 등을 사망케 했고, 도시락형 폭탄은 미처 던지지 못한 상태에서 체포되어 그 해 12월, 일본 가나자와 형무소에서 순국했다. 그 때 그의 나이 스물 다섯살이었다.

훗날 장개석 총통이 "중국 100만 대군도 못한 일을 조선의 한 청년이 해냈다"고 극찬했던 현장, 일본에게 나라를 빼앗기고 울분에 찾던 겨레의 가슴을 세계만방에 풀어주고 순국을 택했던 그 역사적인 현장을 보기 위해 약간의 흥분된 마음과 기대감을 가지고 찾아갔던 우리 일행은 실망하고 말았다.

폭탄을 던졌던 역사적인 현장에는 파란 잔디 위에 중국의 문학가인 루쉰 선생의 동상이 서 있었고 그 곳에서 200~300m쯤 떨어진 곳에 땅에 박힌 자그마한 돌에다 그 날의 의거사실을 간단하게 기록해 놓았을 뿐이다. 그 옆에 자그마한 사당(후에 그 곳이 매원 기념관이라는 이야기를 들었다) 같은 것이 있었으나 "비행기 시간에 늦기 전에 빨리 떠나야 한다."는 안내인의 재촉에 문도 못 열어 보고 떠나온 것이 한스럽기 짝이 없다. 이제는 이름도 <루쉰 공원>으로 바뀌어버린 그곳은 우리 민족의 한을 폭발시켰던 역사적 현장치고는 너무나 초라하기 짝이 없었다.

16대 국회에서 "친일행위자 처리법"을 제정했으나 그 범위를 너무 축소시켰고 형식적이어서 17대 국회에서는 그 범위를 일본군 헌병대원이나 고등계 형사를 했던 사람까지로 확대하는 등 법을 개정해서 민족정기를 바로 세워야 한다고 한다.

백번 옳은 말이다. 어떻게 조국을 빼앗은 일본 제국주의에 충성을 바쳐 개인의 영달을 도모했고, 같은 동포들을 잡아다가 갖은 고문을 다하던 그들이 광복 후에도 국민들의 위에 군림해서 그들의 기득권을 그대로 누릴 수가 있겠는가? 지금이라도 올바로 처리해서 백성들의 한을 풀어 주어야 한다.

그러나 민족의 자존과 민족정기를 바로 세우는 일은 응징이나 처벌만으로는 이루어지기 어렵다고 본다. 나라를 위해 몸과 재산과 그의 생애를 모두 바친 선열들을 추모하는 마음과 존경심을 잊지 않도록 하고 상대적으로 어려운 곤경에 처했던 그들의 후예들을 찾아내서 그의 조상들 때문에 겪어야만 했던 억울함과 불우했던 과거에 대하여 충분히 보상해 주어야 한다고 생각한다. 그러기 위해 다음 몇 가지를 제안한다.

o 첫째 : 해외에서 의거를 통해 순국한 열사들의 의거 현장에는 자주국가로서의 자부심을 가지고 상대국과 교섭해서 동상이나 기념물을 세워, 이곳을 찾는 우리 국민들에게 역사의 현장을 보여주고 그 분들의 숭고한 순국 정신을 느낄 수 있도록 조치해야겠다. 그리고 현지 안내인들에게 교육을 통해서 의거사실을 성의있게 설명해 줄 수 있도록 하자.

o 둘째 : 반만년의 오랜 역사를 가진 국가로서 동상건립에 인색한 나라는 우리 한국만한 나라도 없을 것이다. 유럽의 여러 나라에서는 길거리마다 위대한 학자, 장군, 예술가 등의 동상을 세워 후손들에게 긍지와 존경심을 심어주고 도시의 미적 감각을 살리며 관광객들에게 그들의 역사를 자랑한다. 우리도 선열들과 나라를 위해 순국한 분들의 동상을 세워 그 분들의 정신을 추모하고 기릴 수 있도록 하면 어떨까 한다.

o 셋째 : 윤봉길 의사가 거사 전날 밤 맹자, 나폴레옹, 에디슨 같이 훌륭한 인물이 되기를 바라고 걱정했던 후예들은 지금 어떻게 지내고 있는지? …… 하루속히 찾아내서 국가적으로 그들

에게 특혜를 베풀어 주는 조치가 시급하다고 생각한다.

이제 녹음이 우거지는 6월이다. 6월은 현충일이 있는 호국의 달이다. 나라를 위하고 민족정기를 세우기 위해 순국하신 영령들 앞에 옷깃 여미며 고개 숙여 삼가 명복을 빈다.

# 쓰나미 아픔 딛고 활기 되찾는 '푸켓'

비행기는 계속해서 캄캄한 밤하늘을 날아 태국의 수도인 방콕 상공에서 기수를 남쪽으로 돌린 다음 한 시간을 더 날아가서 3월 7일 새벽 1시(한국시간3시)에 푸켓 국제공항에 착륙했다.

'푸켓'은 방콕에서 860여Km 떨어진 태국 남부말레이 반도 서해안 인도양에 위치한 태국 최대의 섬으로서 내륙과는 660m의 '사라센 다리'로 연결돼 있는 뜨거운 태양과 고운 모래사장. 그리고 얕은 수심과 잔잔한 파도를 가진 아시아에서 가장 깨끗한 휴양지로 이름난 곳이다

짐을 찾아 들고 공항 밖으로 나오니 공항입구에는 각 여행사에서 마중나온 가이드들이 자기네 회사 이름이 적힌 피켓을 들고 늘어서서 각기 손님들을 찾느라고 여념이 없었다.

마침 <H여행사>의 피켓을 들고 있는 청년을 발견하고 "내

가 H여행사 고객이다."라고 했더니 "숙소가 어디로 되어 있느냐?"고 되물었다. 그래서 <말린 비치 리조트>라고 계약된 숙소를 알려주었더니 같은 H여행사의 <말린 비치 리조트> 담당가이드인 S양에게로 안내해 주었다.

그곳에는 진주에서 왔다는 30대 K씨 부부가 먼저 나와 기다리고 있었다. S양은 우리들을 기다리고 있는 승합차로 안내해 갔는데. 그 차에는 현지 운전기사 1명과 라이센스를 가진 현지 안내원 1명이 우리들을 기다리고 있었다. 이곳에서는 관광안내원 라이센스를 가진 현지인을 대동하고 다니지 않으면 안되기 때문이라고 S양은 설명했다.

우리 일행을 태운 승합차는 공항을 떠나 숙소로 향해 출발했다. '쓰나미'의 끔찍했던 참사의 모습이 아직도 우리들 뇌리에 남아있어 이번 여행길이 한적할줄 알았었는데 300여명을 태운 비행기는 빈자리가 없이 만석이었다. 비행기에서 내린 관광객들도 모두 가이드와의 미팅을 끝내고 예정된 숙소를 향해 뿔뿔이 흩어져 버렸다.

승합차는 캄캄한 해변과 수많은 언덕들을 넘어 약 40여 분간을 달린 끝에 숙소인 <말린 비치 리조트>에 도착했는데 S양은 "이곳 욕실에서 나오는 물은 석회석이 너무 많기 때문에 먹는 것은 물론 양치질을 하는것도 몸에 해로우니 돈을 주고 사는 식수를 이용해야한다."고 주의를 주었고 "지금 시간이 너무 늦었기 때문에 객실에 가셔서 주무시고 아침 식사를 하신 다음 아침 10시에 이곳 로비에서 뵙겠습니다." 하고는 식당의 위치를 알려주고 객실을 배정해주었다.

객실은 투윈 베드가 있는 아늑하고 깨끗한 방이었는데 에어컨의 바람이 너무 세어서 조금 약하게 조정을 했다. 짐을 풀어 내일 투어에 갈아입을 옷을 챙기고 샤워를 하고나서 시계를 보니 새벽 3시, 피곤한 몸으로 잠자리에 들었다.

다음날 아침. 창 밖에서 요란하게 들려오는 새 우는 소리에 잠을 깨어 커튼을 걷으니 바로 유리문 밖에 발코니가 설치돼있고 의자 2개가 놓여 있었다. 발코니로 나가보니 우리 방은 3층이였는데 바로 발밑까지 검푸른 야자나무잎들이 쭉쭉 뻗어 올라와 우거져 있었고 그 밑으로 파란 잔디밭에는 수영을 즐길 수 있는 풀장이 있었다. 풀장에는 코발트색 타일을 들여다 볼 수 있을 만큼 맑은 물이 파랗게 차있었다 그런 풀장과 잔디밭을 가운데 두고 붉은색 기와를 이은 4층짜리 아름다운 리조트가 빙 둘러서 있었다.

아침 8시쯤. 대충 샤워를 하고 S양이 가르쳐준 1층 식당으로 내려갔다. 식당은 실내와 야외로 구분되어 있었는데. 우리는 야자수가 우거진 야외식당에 자리를 잡았다. 자리를 잡고 앞을 바라보니 저 멀리 쪽빛 바다가 시원스레 펼쳐지는 아름다운 경치가 일품이었다. 식당 안을 둘러보니 유럽인들 몇 무리가 식탁에 앉아 아침식사를 여유롭게 즐기고 있었을 뿐 한국인은 아내와 나 둘뿐이었다. 젊은 K씨 내외는 늦잠을 자는지 아직 내려오지 않았다.

"사와디캅?(안녕하세요)" 하고 S양에게서 배운 태국말로 인사를 하며 종업원에게 식권을 내주었더니 그 역시 "사와디카" 하면서 공손하게 두 손을 모아 합장을 하고 미소를 지은 채 음식 차려놓은 곳으로 안내를 해주었다.

식단은 풍성하고 맛이 있었다. 마치 신선이 된 기분으로 느긋하게 식사를 마친 후 객실로 돌아왔다.

자기가 행복하다고 생각하며 사는 사람들

이곳 사람들은 인사를 할 때면 언제나 스님들처럼 두 손을 모아 합장을 했다. 그리고 얼굴에는 항상 미소를 띠우고 있었다. 태국의 1인당 국민소득은 1,300달러라고 하는데 그들은 "자기가 행복하다"고 생각한다는 것이다

땅은 기름지고 1년 중 3모작 농사를 지을 경우 13억 중국인구를 먹여 살릴 수 있는 막대한 양의 벼를 생산하게 되어 세계 곡물가격이 하락할 우려가 있기 때문에 1년에 2모작한 한다. 그 밖에도 주석광산을 비롯한 자원이 풍부하기 때문에 밝은 내일을 기대하면서 비전을 가지고 살아간다고 했다.

또한 태국의 모든 화폐와 택시, 사무실, 상점 등에 빠지지 않고 등장하는 것은 '푸미폰 아둔야뎃국왕'(78세)의 초상이다. 푸미폰 국왕은 1946년 6월 차크리왕조의 9대 왕으로 즉위, 세계에서 가장 오래 왕좌에 머물고 있다. 태국에서는 모든 영화 상영에 앞서 국왕 초상을 향해 기립 인사를 한다. 그리고 그의 사진이 들어있는 인쇄물을 밟거나 깔고 앉으면 법의 처벌을 받게

된다. 그의 사진에 대고 손가락질을 하는 것도 금기 사항이거니와 국왕에 대해 욕을 했다가는 형사처벌의 중형을 받는다. 태국 국기의 푸른색, 붉은색, 흰색 중에서 푸른색은 국왕을 상징하고. 붉은색은 태국국민들의 열정적인 피를, 흰색은 불교를 상징할 정도로 절대적인 군주이다.

이처럼 6천 5백만 명의 태국인들로부터 신神에 버금가는 추앙과 존경을 받는 '푸미폰 국왕'이 보이지 않는 손을 움직여 혼란에 빠졌던 정국政局의 물줄기를 여러번 바꾸어 놓았다. 총선에서 유효투표의 50% 이상을 얻었음을 강조하며 총리직을 놓지 않을 것 같던 '탁신'총리가 전격 사퇴한 것도 푸미폰 국왕의 힘이었다는게 중론이었다.

푸미폰 국왕은 재임 중 20명의 총리와 15차례의 헌법개정, 수차례의 쿠테타를 겪었지만 철저한 정치적 해결사 역할을 해왔다고 한다.

푸미폰 국왕은 재즈, 색소폰 연주가이며 작곡가이기도 하고 사진가, 요트조종사로도 뛰어난 실력을 과시할 만큼 현대 감각이 넘친다고 한다.

이런 국왕을 받들고 살아가는 태국 국민들이 '중도에 포기하지 않고 끝을 보고자 하는' 근성과 인간을 중히 여기는 뜻을 가진 속담 2가지를 소개한다.

◇관棺을 보기 전에는 울지 마라.
◇쓰러진 나무는 뛰어 넘지만 쓰러진 사람은 뛰어넘지 마라.

쓰나미의 악몽에서 벗어나는 푸켓

2004년 12월. 인도네시아 파푸아섬 근해에서 발생한 진도 8의 강진 여파로 인도양 연안에 몰아닥친 해일에 의해서 발생한 피해는 역사상 그 유례를 찾아볼 수없는 규모로 큰 것이었다. 멀리는 쓰리랑카와 인도 연안에서 수십 만 명의 목숨과 삶의 터전을 일순간에 앗아가 버린 무서운 공포와 더불어 다시 생각하기조차 끔찍한 악몽을 우리 인류에게 안겨 주었다.

지진의 진원지인 인도네시아와 근접해 있는 태국의 피해 또한 막심했다.

푸켓섬에서 경치가 가장 아름다운 중심가이고 변화가이던 '빠통' 지역은 관광객들이 가장 많이 몰리는 곳으로 유명한데 이곳이 완전 침수되어서 가장 피해가 컸었다고 한다. 그러나 이제는 거의 복구가 완료되어 해변을 따라 길게 늘어선 상가는 신축 건물로 말끔하게 단장되고 정리되어서 쓰나미의 흔적은 찾아볼 수없고 오히려 더욱 활기가 넘치는 거리로 변했다. 특히 '빠통'의 야시장 관광과 노천카페. 무에타이쇼 관람 등 환상적인 밤 문화는 관광객들에게 인기가 높다.

다만 이곳에서 쇼핑을 할 때에는 바가지가 심하기 때문에 값을 많이 깎아야 한다.

교통편으로는 호텔이나 리조트에서 운행하는 셔틀버스나 택시 외에 오토바이를 개조해서 승객이 타도록 만든 '오토바이택시'가 있는데 거리, 시간, 승차 인원에 따라 요금을 흥정하고. 같은 거리라도 빠른 시간에 갈수록 요금이 비싸다. 그리고 소방서 지휘차 같이 생긴 빨간색을 칠한 '툭툭이' 택시가 있는데 주로 관광객들이 많이 이용하고, 중간에 예정에 없던 곳을 운행하게 되는 경우에는 별도의 팁을 주어야 한다.

'팡아만'의 멋진 절경

아침 10시. 승합차에 탑승한 우리 일행은 '팡아만' 관광을 위해 호텔을 출발했다. 얼마 후 달리는 차의 좌우 차창 밖으로 채소밭 같은 경작지가 나타났는데 S양이 "이곳에서는 채소밭에 농약을 치다 적발되면 종신형의 중벌을 받게 됩니다. 식품안전을 위한 법이 아주 강하지요" 하고 설명해 주었다. 농약을 치지 않으면 농사를 못 짓는 줄 아는 우리나라 사람들이 와서 배우고 가면 참 좋겠다는 생각이 들었다.

또다시 한참 달리다보니 좌우로 무성한 고무나무숲이 나타났다. S양은 "공기를 정화시키고 산소를 공급해 주는 효과가 다른 어떤 나무보다도 탁월하다"면서 "우리 가정에서 화초로 기르는 고무나무도 마찬가지 효능이 있다"고 가르쳐준다.

그리고는 "저 도로가에 전주電柱를 좀 보세요. 우리나라에서 보는 전주와 다른 점이 무엇일까요?" 하고 물었다. 그러자 진주에서 온 K씨가 말했다. "우리나라의 전주는 둥근 원형인데 저것은 사각형이네요" 하고 말했다. 그러자 S양은 "잘 보셨어요.

그럼 왜 사각형으로 했을까요." 하고 되물었다. 이번에도 K씨가 "만들기가 쉬우니까" 하고 말했다. 그러자 S양은 "그 답은 틀렸습니다. 코브라가 올라가지 못하도록 만든거에요." 원형 전주는 코브라가 칭칭 감으면서 올라가 합선이 되는 사고를 내지만 사각형 선주에는 올라가시를 못한다고 한다. 그러면서 고무나무에서 고무액을 채취하는 작업이 낮에 하면 햇빛 때문에 변색이 되어 야간에 이루어지는데. 고무밭에는 코브라가 많기 때문에 위험한 작업이라고 설명해 주었다.

잠시후 콘크리트로 만들어진 다리가 나타났는데 왕복往復용으로 두 개가 설치돼 있었다. 이 다리가 바로 푸켓섬과 내륙을 이어주는 길이 660m의 '사라센' 다리였다. S양은 이 다리에 얽힌 "부잣집 딸과 가난한 집 총각 사이에서 비극으로 끝난" 전설 같은 사랑 이야기를 들려주었다.

우리 일행은 다리를 건너 내륙에 있는 선착장에 도착했다. 그곳에서 구명조끼를 하나씩 받아 입고 '롱데일보트'(배 뒤편에 장착된 엔진에 긴관을 배 밖으로 연결해서 그 끝에 스크류를 달아 방향과 속도를 조절 하는 배)로 천천히 해안을 빠져 나갔는데 좌우 양쪽에 울창한 숲들이 우거져 있어 마치 강江처럼 보이는 입구를 얼마쯤 빠져나가니 눈앞이 탁 트이는 망망대해가 전개된다. 그 바다위에 점점이 흩어져있는 산들이 마치 바다에서 보는 계림으로 착각할만 했다.

보트는 '팡아만'의 섬과 섬 사이를 운행하면서 섬들의 절경과 멋진 경관을 보여준 다음 바다 한 가운데 떠있는 꽤 규모가 큰 선착장에 정박했다. 그곳에서 '씨카누'라고 불리는 고무보트에 아내와 내가 옮겨타자 현지인인 사공이 노를 저어 선착장을 떠나 바다로 나갔다. 바다로 나간 배는 기암괴석으로 어우러진 절벽과 수많은 동굴 속을 구석구석 돌아다니면서 자연의 오묘한 절경 속에서 시간가는 줄을 몰랐다. 사공은 노를 저어 나가면서 절벽 밑 혹은 동굴에 늘어진 석순이나 바위에 머리가 닿을 위험이 있을 때면 "머리 숙여, 더 숙여!" "누워, 아주 누워" 하고 한국말로 소리쳐 경고를 해주었다. 그러다가 경치가 좋은 곳에 가서는 노 젓는 것을 멈추고. 카메라를 달라고 했다. 카메라를 넘겨주니 주변 경치와 조화시켜 화면을 조절한 다음 "엄마, 뒤로 돌아봐. 사진 찍어" "아빠도" 하면서 "찰칵" 한 컷을 찍어준다. 그리고 나서 전면에 멀리 바다위에 솟아있는 쌍둥이 섬이 여자의 유방처럼 생겼다고 "유방" "유방" 하면서 자기의 가슴을 가리켰다.

이렇게 약 50여분의 '씨카누' 관광을 끝내고 선착장으로 돌아가 그 곳에서 기다리고 있던 '롱데일' 보트에 갈아탄 다음 다시 바다의 물살을 가르며 한참을 달렸다. 배가 점차 속도를 줄여서 앞을 바라보니 바다 위에 떠있는 커다란 수상촌 마을이 나타났다. 회교도들이 사는 이슬람 수상촌 마을이었는데 이곳에서 이슬람식 해선 요리로 점심 식사를 했다.

제임스 본드 섬

점심 식사를 마친 후 다시 보트에 올라 영화 007시리즈 <황금 총을 가진 사나이> 촬영지라고 하는 '제임스본드'섬에 도착했다. 섬에 올라 영화촬영을 했다는 장소를 옮겨 다니며 사진 촬영을 한 후 한곳에 다다르니 바다 가운데에 마치 삼각형의 섬을 거꾸로 박아 놓은 것 같은 묘한 섬 하나가 나타났는데 영화장면에서는 마지막에 이 섬이 폭발하는 장면이 클라이 막스 씬으로 더욱 유명하다고 했다.

그러나 밑이 좁고 위가 넓은, 보기에도 불안정不安定한 저 섬이 오랜 세월동안 어떻게 저렇게 서있을 수가 있을까? 신기하기만 했다. 더욱이 이곳은 쓰나미의 재해도 받지 않았다고 한다.

섬의 곳곳을 돌아 본 후 보트에 올라 멋진 '팡아만'의 절경을 뒤로 한 채 푸켓으로 귀환했다.

야자수 아래 풀장에서 하루를 지내다

다음날 스케줄은 하루 종일 자유시간이었다. 이곳은 빡빡한 일정에 얽매인 관광지보다는 몸과 마음을 편안하게 쉴 수 있는 휴양지로 널리 알려진 곳이기 때문에 신혼여행객들이 선호하는 하루 동안을 각자 취미에 따라 각종 레저 활동이나 거리 관광, 쇼핑, 먹거리 체험 등 자유로운 활동을 할 수 있도록 한 것이다 마침 아내가 지난 여름 교통사고로 인한 후유증이 재발돼 무척 피곤해 하던 터라 하루를 푹 쉬기로 했다. 그날은 모처럼 늦잠을 자고 일어나 아침식사를 한 다음 객실에 설치돼 있는 TV의 전원을 켜고 채널을 이리저리 돌리다 보니 놀랍게도 한국어 방송이 나왔다. 내용은 한 사람의 '인간성공에 대한 탐방기'였는데, 그 프로가 끝난 다음에는 한국어 뉴스, 가요, 드라마가 방송되는 등 전체가 한국 방송이었다. 나중에 들은 이야기지만 이곳에는 <아리랑TV>라는 한국어 방송국이 있는데 드라마를 방송할 때에는 태국어 자막이나 더빙으로 방송하기 때문에 태국인들에게도 선호도가 높다고 한다.

이곳에서도 다른 동남아 지역과 다름없이 한류韓流열풍이 거세게 불고 있었는데 <대장금>과 더불어 한국의 잡채 요리가 인기를 끌고 있으며 탤런트 이영애의 인기가 아주 높다고 한다. 드라마 외에 가요에 대한 관심도 많은 편인데 가수 '비'에 대한 관심이 특히 높다고 했다.

오후에 수영복으로 갈아입고 리조트정원에 있는 풀장으로 내려갔다. 풀장은 건물과 야자수의 그늘이 드리워져서 뜨거운 햇빛을 피할 수 있었다. 풀장으로 내려가 보니 리조트 1층은 거의 유럽관광객들이 가족 단위로 와서 자리를 차지하고 발코니마다 나와 앉아서 일광욕을 하고 있었으며 그중 일부는 수영을 하고 있었는데 그 인원은 몇 명되지 않았다. 대부분은 야자수 그늘에 설치된 등받이 긴 의자에 몸을 기대고 앉아 독서를 하는 등

여유로운 모습들이 휴식을 즐기러온 사람들의 참모습을 보는 것 같았다.

물속으로 들어가 서니 물은 목까지 차 올라왔다. 아내는 수영에 자신이 있기 때문에 풀장을 몇 바퀴 돌았으나 맥주병인 나는 서서 풀장 벽을 손으로 잡고 몇 바퀴 걸어서 돈 다음 등받이 의자에 기대 앉아 그곳 여유로움 속에 빠져 들어간 듯 시간 가는 줄 모르고 하루를 즐겼다.

천혜의 휴양지 피피섬

피피섬은 푸켓에서 남동쪽으로 약 45Km가량 떨어져 있는 섬으로 안다만해海에 위치해 있는 크고 작은 두 개의 섬으로 이루어져 있으며 그중 큰 섬은 '피피도' 작은섬은 '피피레'이다. 유럽인들에게 특히 인기가 많은 곳으로 섬주변의 긴 해안을 따라 키 큰 야자수들이 줄을 서 늘어서 있고 모래사장이 끝없이 펼쳐져 있으며 바다는 수심은 얕고 물이 차지 않으며 진귀한 산호초 투명한 쪽빛이었다. 그리고 눈앞에서 펼쳐지는 열대어들의 환상적인 장면 등 천혜의 조건을 갖추고 있어 스쿠버 다이빙 스노쿨링 같은 레저 활동과 휴식을 위해서는 세계에서 가장 뛰어난 곳이었다.

그런데 이렇게 아름다운 섬이 쓰나미로 섬 전체가 물에 잠겨버려 그 당시 섬에 있던 모든 사람들이 몰사해버렸는데 그 숫자조차 파악할 수 없었다고 한다.

스케줄에 피피섬 방문이 들어 있는 것을 보고 그렇게 끔찍한 일이 있었던 곳에 으스스한 기분이 들어 가고 싶은 마음이 없다고 S양에게 말했더니 "지금은 다 정리되고 괜찮으니 꼭 한번 가보시라"는 말에 어정쩡한 기분으로 따라 나섰다.

3월 10일 아침 8시 40분 피피섬으로 가기 위해 '라사다' 부두를 출항한 고속여객선은 만선이었다. 약 300여석씩 좌석이 있는 지하1층 선실과 1층 객실 및 썬텐 장소로 이용되는 2층까지도 만석이었다. 배에 오른 관광객들은 기분이 들떠있었다. 배가 부두를 떠나 서서히 바다로 나가면서 점점 속도를 높이더니 물살을 가르며 앞으로 나아갔다.

배가 바다 한가운데로 나아갈수록 물이 깨끗해지더니 검푸른 빛으로 변하면서 퍽이나 깊어보였는데 날씨는 맑았고 바다는 잔잔했다. 배는 '라사다' 부두를 출발한지 약 1시간 반이 지난 10시 15분경 피피섬에 도착했다.

피피섬에 도착해서 제일 처음으로 본 해변가에 줄지어 서있는 키 큰 야자수들은 흙탕물에 잠겼던 탓인지 예전의 푸르름과 생기를 잃고 후줄근한 모습으로 서있었다.

그러나 쓰나미의 흔적은 말끔히 정리돼있었고. 점차 활기를 되찾고 있었는데 하루에도 수 만명의 관광객들이 섬을 찾아와서 북적이고 있었다. 숙박시설과 편의시설들이 한창 공사중에 있었으나 내륙으로부터 멀리 떨어진 섬이기 때문에 장비 및 물자수송에 어려움을 겪고 있다고 했다. 아직 완공되지 않은 건물 내에 식당을 차려놓고 관광객을 받아들이고 있는 형편이었다.

피피섬은 확실히 아름다운 곳이었다. 다시 활기를 되찾고 사람 사는 냄새가 살아나고 있었다. 해안가에는 정박하고 있는 각종 선박으로 북적였고 야자수 밑 그늘에는 수많은 관광객들이 등받이 간이의자에 줄지어 앉아 섬의 아름다운 풍경을 감상하고 있었고 식당마다 만원으로 자리가 없는가 하면 스쿠버 다이빙 및 스노쿨링 같은 레저 활동도 활발하게 전개되고 있었다. 쓰나미라는 끔찍한 재해를 당한지가 2년도 안됐는데 이렇게 많은 인원들이 찾아올 줄은 이곳에서도 미처 예상 못한 일이라고 했다.

오후 2시 30분 피피섬을 떠나는 여객선에 제일 먼저 승선해서 입구에 자리를 잡고 앉았다. 곧이어 관광객들이 줄을 이어 승선했는데 끝없이 많은 인원들이 승선했다.

이중에는 한국인을 비롯한 태국인과 유럽인들의 비율이 비슷한 것 같았다. 하도 많은 인원들이 승선하기에 도대체 몇 명이나 되는가?를 중간쯤에서부터 직접 세기 시작했는데 숫자가 500명이나 됐으니 승선한 총 인원은 거의 천명에 가까운 것 같았다

출항 시간이 되자 배는 긴 고동소리를 울리고 피피섬을 뒤로 한 채 점점 속력을 내어 바다 가운데로 나아갔다.

코끼리 트레킹

3월 11일 아침. 푸켓에서의 마지막 날이다. 아침식사를 하러 아래층 식당으로 내려갔다. 식당 안은 붐비지 않고 한가한 편이

였다. "사우디카?" 얼굴을 알아보는 종업원이 인사를 했다 "사우디캅" 나도 얼른 합장을 하고 답례를 했다. 이곳 종업들의 웃음 띤 표정과 친절한 서비스가 그렇게 마음에 들 수가 없다

음식 접시를 들고 야외 식당으로가 자리를 잡았다. 풍성한 식단, 친절한 서비스, 야자나무의 시원한 그늘, 멀리 바라보이는 푸른 바다의 수평선, "바로 이런 곳이 낙원이 아니겠나?" 나는 이렇게 생각하면서 "집에 가기 싫다. 이곳에서 살았으면 좋겠다."고 무심코 중얼거렸다. 그러자 식탁 맞은편에 앉아 식사 중이던 아내가 "네? 뭐라고 했어요?" 하고 묻는다. 퍼뜩 정신을 차린 나는 "아무것도 아니야" 하면서 "우리 이곳에서 집에 가지 말고 그냥 살았으면 좋겠다." 하고 말했더니 그제야 아내도 그 뜻을 알아 듣고 피식 웃었다.

아침 식사후 체크아웃 하고 승합차에 올라 호텔을 떠났다. 왕족만이 가능한 태국인들이 신성하게 여기는 코끼리를 타고 왕족이 된듯한 호사스러운 기분을 느껴 볼 수 있는 코끼리 트레킹을 하기 위해서였다

우리 일행을 태운 승합차는 어느 숲속에서 차를 세웠다. S양을 따라 조금 걸어 가려니까 코끼리 때가 지나가는데 코끼리 등에 설치된 의자에 두 명씩 걸터앉은 관광객들은 마치 왕족이 된 것 같은 기분으로 희희낙락 했다. 그 모습을 보면서 나는 한 가지 걱정이 생겼다. "저 높은 코끼리 등위를 어떻게 올라가니?" 하는 것이었다. "목과 허리에 디스크 증세가 있는 아내. 그리고 유달리 운동 신경이 느린데다 나이까지 많은데 위험한 짓

을 하는 것보다는 포기 하는 것이 낫겠다." 생각하고 그 뜻을 S 양에게 말했더니 "염려마시고 따라만 오시라"고 했다.

조금 더 따라가다보니 마치 원두막 같은 구조물이 있는데 계단을 통해 그 위로 올라갔다. 그곳에는 평평하게 바닥을 깔아 놓았고, 몇 사람이 서있었다. 잠시 후 등에 관광객을 태운 코끼리가 와서 원두막 옆에 서니까 바닥과 코끼리 등의 높이가 거의 같았다. 이제까지 타고 온 관광객들은 그곳에서 내리고, 서서 차례를 기다리던 사람들이 코끼리 등 위로 옮겨 탔다. 드디어 우리 부부도 코끼리 등 위로 올라탔는데 마땅하게 붙잡을 만한 것이 없어 금방이라도 미끄러져 내릴 것만 같아 불안했다. 두 다리는 코끼리 잔등 위로 얹었는데 코끼리의 체온이 내 몸으로 전해져 오는 듯 느껴졌다. 코끼리를 조종하기 위해 조련사가 목덜미 부분에 앉아 있었는데 아무장치도 없이 맨 잔등 위에 달랑 앉아 있는 그의 모습이 그렇게 편해 보일수가 없었다.

이 여행을 떠나오기 전에 TV에서 코끼리 조련사가 코끼리 길들이기 훈련하는 장면을 보았는데 야성野性을 가진 코끼리는 등 위에 올라앉은 조련사를 떨어뜨리려고 이리 뛰고, 저리 뛰는데, 그럴 때마다 조련사는 마치 낫처럼 생긴 쇠고챙이를 들고 코끼리의 머리를 찍었다. 수없이 찍힌 곳에서는 피가 흘러 내렸고 나중에는 피로 범벅이 되는 장면을 보고 몸서리를 친 일이 있었다. 결국 이런 훈련을 계속 반복해 나가면 코끼리는 야성을 잃어버리고 인간에게 순종하게 되는데 이곳에서 사용하는 코끼리는 최소 5년 이상의 훈련을 받았기 때문에 위험성이 없다고 했다.

내가 타고 있는 코끼리 조련사의 손에도 TV에서 본 꼬챙이가 들려져 있었다.

천천히 움직이기 시작한 코끼리는 언덕을 내려가고 흐르는 시냇물을 따라 숲속으로 걸어갔다. 한참을 걸어가다가 U턴하는 지점에서 잠시 쉬고, 조련사는 카메라를 달라고 하더니 코끼리에서 뛰어내려 우리들 모습을 "찰칵" 하고 찍어주었다. 다시 원두막으로 돌아오기까지의 15분 동안 짜릿한 스릴과 함께 불안한 마음이 끝없이 교차되었다.

코끼리트레킹을 끝내고 나니 점심시간이다. 우리일행은 중국, 일본, 태국의 음식을 고루 맛 볼 수 있는 타이난 뷔페에서 푸켓에서의 마지막 점심식사를 했다.

환타지쇼의 웅장하고 환상적인 서사시

점심 식사를 마친 후 푸켓 여행에서의 쇼핑관광을 다니다가 저녁식사를 하고 '빠통' 변화가에서 자동차로 10분 거리인 카말라베이에 위치한 테마 파크인 '푸켓 판타지'로 갔다. 이곳은 '골든 칸나르 뷔페 레스트랑' '페스티벌 빌리지' '코끼리궁전' 등 3개 주요부분으로 구성되어 있었는데 찬란한 루미나리에의 빛축제를 비롯한 네온사인들이 입구에 설치되어 있고 축제의 분위기를 만들어 놓아 나그네의 가슴을 설레게 했다.

이 중에서 골든 칸나르 뷔페 레스토랑은 4,000여석의 수용 시설을 갖추고 태국, 일본, 중국, 유럽 등 다양한 음식을 제공하는 화려하기 이를데없는 거대한 음식점으로 샨데리아의 불빛과 함께 연못가운데 한 폭의 그림처럼 서있었는데 연못 속에는 팔뚝만한 크기의 열대어들이 떼를 지어 몰려다니고 있었다. 그리고 페스티벌 빌리지에는 디즈니랜드풍의 상점, 아케이드, 오락시설들이 있었다.

오늘저녁 환타지 쇼가 공연되는 '코끼리궁전'은 수코타이풍으로 설계된 3,000여명을 수용 할 수 있는 대형극장으로 매일 75분 동안 '환타지 오브 킹덤'을 공연하고 있었다.

공연하는 내용의 줄거리인즉 평화롭고 풍요로운 땅에 행복한 국민들이 살고 있는 축복받은 고대 왕국 '캄마라'에서 선행으로 나라를 다스리는 왕자가 있었다. 얼마 후에 이곳에 암흑시대가 다가와 태국 국민들의 민심이 혼동되어 국민들은 악과 탐욕에 빠져버렸다. 이에 나라를 보호하는 신神께서 진노하시어 캄마라 왕자와 그의 충실한 전우 코끼리에게 석상石像이 되라는 저주를 내렸다. 이 저주는 온 국민들이 몸과 마음으로 함께 합쳐져야만 풀 수 있다고 했다.

캄마라의 국민들은 자신들의 죄과를 뉘우치고 과거를 되살리기 위해 전국적으로 한마음 한뜻이 되어 위험한 마법 나라에 도전했다. 이 이야기는 자신속의 동정심, 사랑, 용기 그리고 미덕 등 태국다운 것을 찾게 되는 이야기라고 한다.

공연은 코끼리를 탄 캄마라의 왕자와 장수들, 그리고 군사들, 횃불을 높이 든 수많은 병사들이 극장 객석 사이의 통로를 이용해 무대로 등장하는 화려한 쇼로 시작했는데, 일렁이며 타오르는 수많은 횃불들은 관객들을 흥분시키고 관심을 집중 시켰다. 웅장한 테마쇼, 어둠속에 천정에서 내려오는 은빛 눈과 함께 등장한 신비한 야광복을 입은 남녀의 아름다운 그네 쇼로 흥미와 상상력을 자극하고 천둥 번개와 함께 갑자기 쏟아지는 폭우와 특수음향은 관객들로 하여금 사실감에 빠져들도록 만든다. 17마리의 코끼리와 닭, 염소 등 각종 동물들의 아기자기한 연기가 웃음을 준다. 또한 150여 명의 무용수들이 한꺼번에 무대에 설 수 있는 넓은 입체무대와 시시때때로 바뀌는 무대장치 그리고 수많은 등장인물들이 객석통로를 이용해 극장전체를 무대로 삼는 효과를 연출하면서 웅장하고도 또 다른 볼거리를 제공해 주었다.

쇼가 끝나자 관객들을 따라 밖으로 나와 타오르는 횃불 세 번째 기둥 아래서 대기하고 있던 S양을 만나 함께 승합차에 올라 푸켓 국제공항으로 향했다. 공항에서 출국 수속을 마친 후 며칠간이나마 정들었던 S양, 그리고 현지 가이드와 아쉬운 작별인사를 하고 인천행 비행기에 올랐는데 마음 한 조각을 푸켓에 두고 온 것 같아 다시 한 번 가보고 싶은 곳이다.

유럽과 아시아가 만나는 곳 '이스탄불'

'이스탄불'

2003년 10월 12일 오후 3시경 '이스탄불' 국제공항 입국장 로비, 방금 '바르셀로나'에서 이곳에 도착해 현지가이드와 만나기 위해 잠시 대기하고 있었다. 로비 안은 비행기에서 내려 입국한 사람들, 마중 나온 사람들로 한창 붐비고 있었는데, 아내가 목이 마르다면서 "음료수를 사 먹었으면 좋겠다"는 것이었다.

로비 안을 둘러보니 마침 한쪽 구석에 음료수와 과자류 등을 진열해 팔고 있는 간이매점이 눈에 보였다.

진열대에 있는 자그마한 생수 한 병을 손가락으로 가리키며 달라고 했다. "얼마냐?"고 물으니 대답을 하는데 도통 알아들을 수가 없었다. 생각 끝에 "이 정도면 되겠지" 하고 미화美貨 1달러짜리 한 장을 내 주었다. 그랬더니 가게주인은 "잠시 기다리라"는 뜻의 손짓을 하더니 터키 지폐 한 장을 거스름돈으로 내 주었다.

아내에게 돌아와 생수生水를 건네주고 방금 거슬러 받아 온 지폐를 들여다 본 나는 그만 깜짝 놀랐다. 지폐에는 5자字 다음에 0이 다섯 개가 붙은 500,000리라였다. "필시 실수로 잘못 거슬러 준 것 같은데, 그렇다면 저 가게 주인은 큰 손해를 볼지도 모른다. 다시 가서 돌려줘야지…" 하는 양심의 소리가 내 가슴 한쪽에서 소리치는가 하면 "이것도 내 복福인데 구태여 돌려줄 필요가 있나?" 하는 유혹이 양심의 소리를 눌러버렸다.

한동안 갈등을 하고 있는데 현지가이드인 L씨가 나타났다. 나는 L씨에게 자초지종을 이야기하고 그 지폐를 내보였더니 L씨는 껄껄 웃으면서 "놀라실만도 하지요. 그러나 그 돈으로는 화장실 사용료 한번 내면 그만입니다. 환율이 미화 1달러에 130만 터키리라입니다. 우리나라 돈 천원이면 100만리라가 되지요. 버스표 한 장에 80만리라, 저녁식사 한 끼에 1,000만리라 정도합니다."

그러면서 L씨는 터키 경제에 대해 다음과 같이 설명해 주었다. "국토의 면적이 한반도의 3.5배, 남한의 8배쯤 되는 터키공화국을 세운 초대대통령이자 국부國父인 '무스타파 케말 아타튀르크'는 정치에서 이슬람교를 분리하는 세속주의를 선포하고 1920년대부터 서구식 근대화를 추진했다. 근대 국가의 출발도 터키가 한국보다는 앞선 셈이었다. 실제로 한국이 1996년에야 가입한 OECD(경제협력개발기구)를 터키는 1961년에 가입했다. 하지만 현재 터키는 OECD회원국 중에서 국민소득이 3,500달러로 경제성적이 최하위이다.

IMF(국제통화기금) 자금 지원을 18번이나 받은 IMF 단골환자이다. 최근 들어 인플레이션이 30%대로 내려가긴 했지만 보통 100%를 넘는 인플레이션을 겪는 바람에 돈 가치가 뚝뚝 떨어져 이런 처지가 되고 말았다. 한국과 비슷하게 1960년대에 대규모 학생시위와 군부 쿠데타를 경험한 터키는 1970년대에 들어서서 극심한 대립과 혼란을 겪었다. 그 바람에 치안은 극도로 불안하고, 경제활동은 부진한 채 잃어버린 10년 세월을 보냈다. 1970년만 해도 터키의 1인당 국민소득은 한국의 2배 수준이었다. 하지만 1980년, 터키는 한국에 뒤지고 말았다. 터키는 1980년대 초, 수출주도의 자유 시장 경제정책을 지향하면서 경제가 다소 회복됐었으나, 그 후에도 계속되는 정치적인 불안으로 외국인 투자는 저조했으며 살인적 인플레이션과 널뛰기 경제를 되풀이해 왔다. 최근 들어 터키경제가 다소 안정세를 보이는 것도 작년 총선에서 정치적 안정세가 이루어져 가능해진 것"이라고 한다.

이스탄불의 역사와 문화

"터키는 1,000년 제국의 찬란함도 간 곳 없이 불과 30년 세월만에 한국경제에도 뒤처지고 말았는데, 30년에 불과한 한국의 짧은 성공이 언제까지나 우리 곁에 머물러 줄 것인가?"하는 생각을 하면서 L씨의 설명을 듣다보니 우리 일행을 태운 버스는 어느새 이스탄불 시내로 들어서고 있었다. 문득 차창 밖으로 붉은색 벽돌로 축조한 것 같은 거대한 성벽이 나타났다. 길이가 38킬로미터에 달한다는 이 성벽은 오랜 세월이 지난 듯 군데군데 허물어져 있었는데, 로마시대에 축조된 것으로 성벽을 따라서 크고 작은 문들이 46개가 있으며 성벽 앞에는 넓이 20m의 깊은 해자가 있었다고 하는데 지금은 물은 없고 흔적만 남아 있을 뿐이다. 해자 뒤에는 2중으로 된 성벽이 있으며 외부 벽은 높이가 7m이고, 내부벽은 11m라고 한다. 이 2중벽간의 거리는 10m이고 50m～70m 간격으로 25m 높이의 탑들이 서 있는 철통 같은 요새지였다고 한다. 시내로 들어가니 이 도시는 3천개가 넘는 모스크(이슬람사원)를 비롯해서 도시 전체가 문화유적으로 꽉 차 있는 것 같았다.

그러나 이 문화와 유적의 가치를 이해하기 위해서는 이스탄불의 특이한 역사적 상황을 모르고서는 안될 것 같아 그 배경을 살펴보기로 한다.

이스탄불의 면적은 535㎢, 인구는 약 천만명이다. 1년 중 4계절이 뚜렷하다. 겨울에는 5℃이하로 내려가는 일이 드물어 얼음이 얼지를 않으며, 여름에는 40℃이상으로 올라가는 날이 많으나 건조한 날씨 때문에 그늘에만 들어가면 금방 서늘해진다.

보스포러스 해협의 남쪽입구에 위치해있으며 면적의 3%가 유럽대륙에, 97%가 아시아 대륙에 걸쳐서 1km의 다리 하나로 연결 돼 있어 유럽과 아시아가 만나는 곳이며, 동양과 서양문화가 만나서 공존하는 특이한 도시이다.

고대 그리스인들이 이 곳에 도시를 건설하고 "비잔티움"이라고 불렀으나, 후에 로마제국을 통일한 "콘스탄티누스 1세"가 330년에 통일 로마의 수도를 이곳으로 옮기고 도시 이름도 "콘스탄티노풀"이라고 바꾸었다. 그 후 "동로마제국" 또는 "비잔틴제국"이라는 명칭이 쓰일 때도 있었으나 이것은 오해의 소지가 많다고 한다. 콘스탄티누스 1세는 당시 로마제국의 유일한 황제였으며 서로마제국이란 것이 존재하지 않았기 때문이라고 한다. 동로마제국이라고 한 것은 수도를 동쪽으로 옮긴 로마제국, 동쪽에 중심을 둔 로마제국으로 해석해야 한다는 것이다.

그 후 콘스탄티노풀은 희랍정교회의 가장 중요한 기지로, 또 비잔틴 문화의 중심지로 번영하였고, 동서문화교류에 큰 역할을 했다. 그러다가 1204년에 제4차 십자군에게 점령되었으나 1261년에 미카엘 8세가 탈환했다. 그러나 이 사이에 도시는 약탈당하여 황폐화하였다. 그러다가 1453년 중앙아시아에서 이동해 온 투르크족(돌궐족)인 오스만제국의 "마흐메드 2세"에 의하여 콘스탄티노풀은 함락당했고 그 후 로마제국을 멸망시킨 오스만제국의 수도로서 이름도 "이스탄불"로 바뀌었으며 이슬람 세계의 정치, 경제, 문화의 최대중심지로서 번영을 누려왔다. 19세기에 들어서면서 각 분야에서 서구화가 추진되면서 이스탄불도 점차 서구적인 도시로 변해갔는데, 이 와중에 19세기 후반, 터키가 제 1차 세계대전에서 독일쪽에 참전하여 패배하게 되자 영국,

프랑스, 이탈리아연합군에게 점령되었다. 그러나 "케말아타튀르크"가 지도하는 혁명이 성공하여 1923년 10월에 터키공화국이 성립되면서 수도는 앙카라로 옮겨졌다. 따라서 이스탄불은 1,600년에 이르는 수도로서의 지위는 잃었지만 경제적 문화적으로는 여전히 터키의 중심지로서 번영하고 있다.

이런 역사적 배경 때문에 이스탄불에는 그리스, 로마시대부터 오스만제국시대에 이르는 많은 유적들이 분포돼 있는 것이다.

'히포드럼' 및 '카펫시장' 골목관광

원래 여행스케줄에는 '보스포러스해협'을 유람하기로 되어있었으나 시간이 맞지 않아서 내일 일정 중에 있는 '히포드럼' 관광을 오늘로 바꿔서 하기로 했다.

'히포드럼'은 로마시대에 건설된 원형경기장으로 길이가 480m, 폭이 117m, 수용인원이 10만 명을 넘는, 당시 도시 인구의 1/4을 수용할 수 있는 거대한 시설인데 2마리, 또는 4마리의 말이 끄는 전차 경주가 진행되던 곳이었다고 한다. 그러나 1204년 제 4차 십자군원정에 의해 파괴되고 약탈당했다. 그 때 '히포드럼'뿐이 아니고 콘스탄티노풀의 많은 문화와 유적들이 소실되거나 파괴됐다고 한다.

콘스탄티노풀에 자리잡은 희랍정교는 '사도바울'에 의해 그리스에서 창건된 기독교였다. 그러나 바티칸에 자리잡은 카톨릭에 의해 구성된 같은 기독교인 십자군에 의해 콘스탄티노플이 점

령당하고 약탈당했다는 자체가 일반적으로 이해하기 힘든 부분
이다. 아마도 "비잔틴이 예루살렘에 가까이 있으면서도 왜 성지
탈환을 위한 성전에 참가하지 않는가?" 하는 불만이 기독교 세
계의 불화를 만들고 결국 '동·서 교회분리'라는 결과를 낳아
십자군이 콘스탄티노플을 점령한 것이 아닌가 하는 것이 역사
학자들의 말이다.

그 후 이슬람을 종교로 믿고 있는 오스만제국의 투르크인들
이 '히포드럼'의 돌들을 '블루모스크'를 짓는데 이용하기 위해
파헤쳐서 지금은 원형경기장의 화려했던 흔적은 간 곳 없고, 이
집트의 '카르나크' 신전에서 실어 온 '오벨리스크'와 '델피' 신
전에 서있던 '뱀 기둥', '유스티니아누스'의 기념비만이 광장을
지키고 있었다.

'오벨리스크'는 고대이집트에서 태양신앙의 상징으로 신전입
구인 탑문 옆에 쌍으로 세워졌던 기념탑인데, 하나의 네모진 거
대한 돌기둥으로, 위쪽으로 갈수록 가늘어지며 꼭대기는 피라미
드 모양으로 되어 있고, 측면에는 황제를 칭송하는 내용의 상형
문자가 새겨져 있다. 원래는 지금의 '오벨리스크'보다 더 큰 것
이었는데, 이집트로부터 수송해 오기 위한 고육지책으로 절단
할 수밖에 없었다고 한다. 현재 서 있는 <오벨리스크>의 크기
는 19.6m이며 비잔틴 대리석 받침대 위에 세워 놓았다. 신기한
것은 오랜 세월동안 지반의 침하나, 지진같은 현상이 있었을 터
인데도, 방금 세워 놓은 것 같이 똑바로 서있었다.

또한 '뱀 기둥'은 BC 480년에, 페르시아를 패배시킨 그리스

도시 연맹이 페르시아인들에게서 빼앗은 청동 무기를 녹여서 세 마리의 뱀들이 꽈배기처럼 얽혀있는 '뱀 기둥'의 동상을 '델 피'의 아폴로 신전 앞에 세워놓았던 것이다. 원래의 높이는 8m 였는데 현재의 높이는 5.3m라고 했다. 4세기에 콘스탄틴 황제가 이곳으로 가져왔는데, 뱀의 머리 부분 중 하나는 이스탄불 고고 학 박물관에, 하나는 영국에, 남은 하나는 언제 사라졌는지 없어졌다고 한다. "세월 앞에는 당해내는 장사가 없다"더니 막강 하던 옛 로마의 영화를 자랑하던 '히포드럼' 원형경기장은 이 세 가지 기념물 외에는 그 흔적조차 찾아볼 수가 없었다.

'히포드럼'의 관광을 끝내고 조금 걸어서 이동하니 양쪽으로 터키제품의 카펫을 파는 가게들이 즐비하게 서 있는 '카페시장 골목'이 나타났다.

'카펫' 하면 먼저 페르시아를 떠올리기가 쉬우나 페르시아는 16세기 들어 터키로부터 기술을 도입했다고 한다. 그때까지 카 펫시장을 터키가 독점하고 있었다는 것이다. 유럽에서 본격적인 카펫 제조가 시작된 것이 17세기 초엽이며, 영국으로 전해진 것 은 그 이후라고 한다. 이렇듯 서양식 생활에서 필수품이던 카펫 의 발상지가 바로 터키였고, 오랫동안 터키 상업의 중심지였던 이스탄불이 '카펫의 도시'였다고 한다.

시장 골목으로 들어서자 어떻게 한국인인줄 알았는지 여기저 기서 "떼~한~민국! 짝·짝·짝·꼬레아 남버원!" 하고 엄지손 가락을 펴 보이며 제각기 자기 가게로 데려가려는 쟁탈전이 요 란스러웠다. 얼굴 생김새는 뾰족한 코와 쑥 들어간 눈은 유럽인을 닮았으나 피부 색깔은 다소 검은 색깔의 황인종으로, 한마디로 유럽과 아시아인을 반반쯤 닮았는데 이슬람의 영향인지 콧수염을 기른 사람이 많았고 매우 다혈질인 것 같았다.

현지가이드인 L씨의 설명에 의하면 "터키는 6·25전쟁 때 참전국으로 피를 흘려 싸워주었는데 그 동안 한국이 너무 무성의하고 소홀하게 대해서 많은 섭섭함을 느껴왔으나, 올림픽과 월드컵경기를 거치면서 한국에 대한 인상이 크게 바뀌었습니다. 특히 월드컵 경기 때에 많은 한국인들이 터키팀을 열렬히 응원해 주었고, 나란히 3, 4위를 차지하게 되면서 많은 친근감을 가지고 있습니다."

그래서 그런지 그들은 우리를 친근하게 대해주었다. 그 중에 몇 가게를 들러보았는데, 문양이나 색상, 재질, 그리고 크기가 모두 달랐고 가격 또한 달랐다. 그러나 꼭 필요한 물건도 아니고, 부피나 무게도 만만치 않아서 그런지 실제로 구입한 사람은 몇 명 되지 않았다. 그렇게 100여 미터를 아이쇼핑을 하며 시장 골목을 따라 내려가다가 관광시간이 1시간뿐이었음을 깨닫고 급히 집합장소로 되돌아왔다.

즉석 패션쇼

카펫시장 관광을 마치고 나니 벌써 어둑어둑해지는 저녁 때가 되였다. 집합장소에서 전용버스에 올라 식사를 하러 식당으로 향했다. 식당은 시내 뒷골목에 있었는데, 식사는 한식으로 매운탕이 준비돼 있었다.

식사 중에 근처 주차장에서 들려오는지 주차요원들의 외치는 소리가 꽤나 크고 시끄럽게 들려왔다. 여기서도 다혈질인 그들의 성격이 잘 나타나는 것 같았다. 식사가 끝나자 현지가이드인 L씨가 말했다. "기왕 이스탄불에 오신김에 늘씬한 터키 미인들을 만나보고 가시는게 어떻겠습니다? 원하시면 제가 안내하겠습니다." 늘씬한 터키 미인이라는 말에 다들 좋다고 했다. L씨가 안내한 곳은 식당 옆 건물의 지하실이었다. 약 40~50평쯤 돼 보이는 방이었는데 어두침침한 실내에는 T자字형의 나지막한 무대가 설치되어 있고, 그 무대를 빙 둘러서 의자들이 놓여 있었다.

우리 일행이 의자에 둘러 앉아 무대 위에 조명이 밝아지면서 신사복을 깔끔하게 차려입은 지배인인듯한 남자가 나와 절을 하고 인사말을 하는데 잘 알아들을 수는 없었으나 아마도 환영한다는 뜻의 인사말인 것 같았다. 인사말이 끝나자 경쾌한 음악소리와 함께 무대 위로 스포트라이트가 쏟아졌다. 그리고는 그 음악에 맞춰 정말 늘씬한 남녀 모델들이 의상을 걸치고 춤추듯이 걸어나와 갖가지 포즈를 취했다. 한 남자 모델이 앞에 있는 여자모델의 블루색 가죽 점퍼를 자연스럽게 벗기더니 그것을 뒤집어서 다시 입혀주었다. 동시에 그 점퍼는 흰색털 위에 군데군데 검은색 표범무늬가 있는 전혀 새로운 모습의 점퍼로 바뀌었다. 아마도 안·밖을 뒤집어 입을 수 있는 점퍼라는 것을 보여주려는 것 같았다. 이들이 돌아서서 무대 뒤로 사라지자 잠시 후 조명과 음악이 바뀌면서 또 다른 한 무리의 모델들이 새로운 의상을 입고 나타났다. 이렇게 패션쇼가 진행되는가 싶었는데, 갑자기 모델들이 무대에서 내려와 우리 일행들 앞으로 다가오더니 제각기 우리 일행들의 손을 잡아끌고 무대 위로 올라가서 무대 뒤로 사라졌다. 키가 크고 미남인 K사장, 키기 작고 땅땅한 L사장, 그리고 그의 부인등 대여섯명의 일행들이 그들에게 끌려 나갔다.

잠시 후, 다시 음악이 바뀌고 무대 위에 스포트라이트가 밝게 쏟아지면서 방금 그들에게 끌려올라갔던 K사장, L사장, 그리고 일행들이 새로운 의상을 걸치고 패션모델이 되어 모델들과 손을 잡고 무대 위를 행진하며 손을 흔들었다. 이 광경을 본 일행들은 "와!" 하고 환성을 지르는가 하면 깔깔대며 허리를 잡고 웃었다.

그러나 그것도 잠깐, 다음에 나온 모델들이 또 우리 일행들을 끌고 들어가고, 그리고 그들이 새로운 의상을 걸치고 무대 위로 나오고…… 이렇게 관객과 모델이 함께 참여하는 가운데 패션쇼는 끝났고 우리 일행들은 가벼운 흥분에 들떠 있었다.

패션쇼가 끝나자 우리들은 관계자들에 의해 1층과 2층에 마련된 매장으로 안내되였다. 매장에는 많은 의류들이 전시되어 있었는데 방금 패션쇼에서 입고 나왔던 옷들도 있었다. 특히 우리 일행들이 입고 나왔던 옷들은 그 중에서도 관심과 인기가 집중되었다. 생각지도 않던 모델이 되어 입고 나갔던 옷에 애착이 안갈 수 없었다. "K사장님 그 옷이 참 잘 어울리던데요"하고 치켜주었더니 "그래요?" 하면서 진짜 모델이나 된 것처럼 또 추억의 기념으로 얼른 그 옷을 구입했다. 아내는 안·밖으로 뒤집어 입을 수 있는, 조금 전에 모델이 입고 나왔던 점퍼가 마음에 들어하는 것 같아 돈 아까운 생각없이 얼른 사 주었다. 이래저래 우리 일행들은 꽤 많은 옷들을 사서 제각기 옷 꾸러미들을 들고 나왔다.

매점을 떠나면서 나는 생각했다. "참, 새로운 발상의 전환이다." 파리나 밀라노의 호화로운 대형패션쇼를 흉내내서는 성공할 가능성이 전혀 없을 것이다. 그래서 고객과 함께하며 고객을 직접 참여시키는 방법을 창안해 낸 것 같았다. 그리고 그 생각은 적중한 것 같았다. "우리도 앞으로 살아남으려면, 그리고 남보다 앞서가려면 이런 '발상의 전환'이 필요한 게 아닐까?"

하기아소피아 박물관

"오늘 일정이 너무 타이트하기 때문에 아침 일찍부터 서두르지 않으면 안된다."는 L씨의 독촉을 받으며 아침 일찍 호텔을 떠나 첫 번째 목적지인 '하기아소피아' 박물관으로 향했다. '하기아'는 성聖, '소피아'는 지혜를 뜻한다고 한다. 그래서 '하기아소피아'는 성스러운 지혜를 뜻하는 말로써 "신성한 지혜의 성당"이라는 뜻이라고 했다.

1600년의 역사를 증언하는 '하기아소피아'는 '그리스 정교'의 총 본산이라는 정신적 의미를 지녔을 뿐 아니라, 비잔틴 건축의

압권이라는 외형적 의미도 지니고 있다. 중앙돔에 수많은 보조 돔을 사용한 '하기아소피아'의 비잔틴 건축 양식은 후일, 모스크를 비롯한 이슬람 건축 기술에 지대한 영향을 끼쳤다고 한다.

오늘의 '하기아소피아'는 같은 자리에 지어진 세 번째 건물인데, 첫 번째는 AD 390년에 지어진 지붕이 목조로 된 '바실리카' 양식의 건물이었으나, 404년에 화재로 없어졌다. 그 후 '데오도시우스' 황제는 역시 바실리카 양식으로 두 번째 교회를 지었는데, 532년에 '히포드럼'에서 일어난 '니카'의 반란에 의해 소실되어 버렸다.

두 번이나 소실된 후 '유스티니아누스' 황제는 목재를 사용하지 않는 것을 원칙으로 '하기아소피아'를 재건했다. 지금까지 '하기아소피아'는 외벽은 돌로 되어 있었으나 지붕을 비롯한 내부기둥은 목재였던 것 같다.

'하기아소피아' 돔의 직경은 32m가 된다. 원래 이 교회를 지을 때, 돔은 정원형正圓型이었으나 많은 지진의 영향으로 약간의 타원형이 됐는데 육안으로 구별하기는 쉽지 않다고 한다. 이 중앙의 커다란 돔과 연결된 두 개의 반돔은 역시 '하기아소피아'의 가장 중요한 부분이라고 한다. 이 건물이 지어지기 이전에 대부분의 건물 양식은 '바실리카' 양식이라 불리는 건축양식이었는데, 이 양식은 기둥이 많은 관계로 예배를 보는데 불편했다고 한다.

그러나 돔 양식 건물의 특징인 중앙에 기둥이 없는 넓은 공간은 예배보기에 아주 적합한 구조라고 한다. 비잔틴 역사를 통해 '하기아소피아'는 황제의 대관식과 또는 전쟁의 승리를 축하하는 등의 중요한 행사장소로 쓰였으며 간혹 범죄자들의 피난처 역할도 했다고 한다.

그 후 1204년, 제 4차 십자군 원정에 의해 이 '하기아소피아'도 약탈의 대상이 되었으나 1453년 이슬람을 신봉하는 오스만투르크가 콘스탄티노플을 점령한 후 정복자인 메흐메드2세는 이 교회를 파괴하지 않고 모스크(회교사원)로 바꾸어서 사용했는데 유럽사회에서 이런 경우 건물을 파괴하는 경우가 대부분이었던 것에 비춰볼 때 대단한 관용이라고 볼 수 있다는 것이다. 이 때 이슬람교는 그림이나 조각같은 일체의 우상 숭배가 금지되어 있기 때문에 터키인들은 벽화와 모자이크를 두께 5cm 이상의 횟가루 반죽으로 칠을 하여 덮어 버렸다.

1934년에 '무스타파케말이타투루'(터키공화국의 초대 대통령)에 의해 박물관으로 지정되고 나서 복원공사를 통해 회반죽을 벗겨내서 비교적 원형에 가까운 금으로 만들어진 모자이크를 감상할 수 있게 됐다고 한다. 또한 회교사원으로 바뀌고 나서 모스크 안에 사우디아라비아의 메카를 향하는 문처럼 생긴 '미랍'이라는 구조물과 바깥부분에 4개의 이슬람식 첨탑이 추가건설 되었으며 그 후 터키인들에게도 유명한 예배 장소가 되었고, 오스만투르크의 여러 왕들이 이곳에 묻히기도 했다. 또한 기독교와 이슬람교가 공존하는 역사적 의미를 가진 중요한 건물이기도 하다.

지하저수 궁전

하기아소피아 박물관 맞은편에 007영화의 배경이 되였던 '지하저수 궁전'이 있다. 4세기 콘스탄티누스 1세기 때 만들어져 6세기 '유스티니아누스' 1세 때 확장되었다. 길이 141m에 폭이 73m나 되는 콘스탄티노풀 시민을 위한 대규모의 물 저장고로서 8m높이의 다양한 돌기둥 336개가 떠받치고 있다.

지금은 관람객들이 지나다닐 수 있도록 돌기둥 사이에 설치된 복도에 조명시설이 돼 있는데다가 잔잔한 음악까지 흘러나오고 있다. 관광이 오늘 터키의 주요산업으로 자리잡게 된 것이 결코 우연한 일이 아니고 이런데까지 신경을 써서 관광자원을 개발해 내는 그들의 노력 때문이라는 것을 새삼 느낄 수 있었다.

이 저수시설이 마치 궁전 같기 때문에 '에레바탄시룬치(지하저수장)'라는 말 대신 '에베바틴사라이(지하궁전)'라고 불리우는 것이 오히려 당연한 것처럼 느껴졌다.

재미있는 것은 지하궁전 내부에 거대한 '메두사'의 얼굴이 거꾸로 놓여 돌기둥의 초석으로 사용되고 있는데, "'메두사'가 노려본 사람은 뱀이 된다는 그리스 신화의 무서운 여신이기 때문에 정면으로 시선을 받는 것을 피하기 위해 얼굴을 일부러 거꾸로 놓았을 것이라고 가이드 L씨는 말해주었다"

그랜드 바자르

'하기아소피아' 박물관과 '지하저수 궁전' 관람을 마치고, 터키의 전통요리인 '도네르케밥'으로 점심식사를 했다. '도네르케밥'이란, 고기를 자근자근 재어서 빙빙 돌리면서 고기를 굽고 이 고기를 잘라서 밥과 함께 먹는 터키 전통 요리인데 모든 조리과정이 주방에서 이루어지고 손님들에게는 완성된 요리로 제공되었다.

점심식사를 마친 후 이스탄불의 최대시장이라는 '그랜드 바자르'로 가기 위해 버스에 올랐다. 버스가 달리는 동안 차창 밖으로 마로니에 가로수가 단풍으로 누렇게 물들어 가고 있었고, 거리에는 전차와 자동차가 함께 달리고 있었는데, 횡단보도를 거의 볼 수가 없었다.

문득 한 곳을 보니 목재 합판으로 길게 담장을 둘러치고 상당히 큰 규모의 구조물 공사를 하고 있었다. "무엇을 하고 있는 것이냐?"고 L씨에게 물으니 "아! 저것은 '라마단' 행사장을 짓고 있는 것입니다. 이슬람력으로 9번째 달에 1개월간, 일출부터 일몰때까지는 단식을 합니다. 독실한 신자의 경우, 자신의 침을 삼키거나 담배를 피우는 것조차 삼가 할 정도이지요. '라마단' 기간 동안에는 식사 패턴이 바뀌게 되는데 해뜨기 전에 일찍 일어나서 식사를 하고, 저 장소에 모여서 기도를 드리는 행사가 진행됩니다. 그러나 임산부나 병든 사람, 어린이, 노인들은 예외가 됩니다. 라마단 기간이 끝나면 '설탕축제'가 찾아오는데, 이때는 우리나라 추석처럼 사탕, 초콜릿 같은 선물을 준비해서 어르신들을 찾아뵙니다. 상가와 식당은 거의 문을 닫습니다." 그리고 이어서 몇 가지를 더 이야기 해 주었는데 "터키는 500억 달러에 달하는 국가 예산 중에서 100억 달러 이상이 관광수입으로 얻어지는 재원입니다. 작년에 이곳을 다녀간 관광객만도 천만 명이 넘습니다. 한국인 관광객도 5만여 명에 달합니다. 터키에 살고 있는 교민 수는 450여명인데, 이스탄불에만 150여명이 살고 있습니다. 우리 한국인에 대해 터키인들은 친근감과 상당히 좋은 인상을 가지고 있습니다. 지금 우리가 가고 있는 '그랜드바자르'에는 간단한 한국말을 하는 상인들도 있습니다. 한 가지 유의하실 것은 될 수 있으면 US달러를 지불하시고, 카드로 물건을 사지 마십시오. 카드를 사용하게 되면 17%의 높은 부가세를 물어야 하기 때문에 불리합니다."

L씨의 말이 끝나갈 무렵 버스는 어느덧 '그랜드바자르' 앞 주차장에 파킹했는데, 주차장에는 굉장히 많은 버스들이 주차해 있었다. 우리들은 버스에서 내려 L씨를 따라 시장 골목 입구에 다달았다. 그 곳에서 L씨는 우리 일행들을 세워놓고 '그랜드바자르'에 대해서 다음과 같이 설명해 주었다.

"이 곳을 터키인들은 '카팔르차르슈'라고 합니다. 폐쇄된 지붕이 있는 건물을 뜻하는 말입니다. '그랜드바자르'란 유럽인들이 붙인 이름입니다. '그랜드바자르'는 500여년의 역사를 가지고 있는데, 처음에는 노점형태로 있다가 점차 천이나 나뭇가지로 지붕을 만들어 비나 햇빛을 가리게 되었고, 그러다가 맞은편에도 그런 가게들이 늘어나게 되자, 가게와 가게 사이를 덮어 연결하게 되었습니다. 급기야 가게들이 빽빽하게 들어선 다음에는 그 가게 사이를 역시 천막으로 덮어 하나의 거대한 시장이 형성되었습니다. 500년 동안 수 없이 많은 화재가 발생해서 엄청난 피해를 당했지만은, 사람들은 목조건물만을 고집했는데, 아마도 옛날부터 지진이 많아 석조가 위험하다는 인식때문이 아닌가하고 생각하고 있습니다. 현재의 '그랜드바자르'는 1701년 큰 화재를 당한 후 벽돌과 돌로 재건했으며 1766년 지진으로 손상을 입었으나 다음 해에 바로 복구한 것입니다. 이 '그랜드바자르'는 5,000여개의 상점들이 거대한 실내시장을 형성하고 있는데, 100개가 넘는 출입문에 수백 개의 미로가 얽히고 설켜 있어서 웬만큼 신경을 쓰지 않으면 금방 왔던 길도 잃어버리기가 십상입니다. 앞으로 1시간동안 자유 시간을 드릴테니 너무 깊이 들어가지 마시고 시간을 지켜 바로 이 장소에 집합해 주시기 바랍니다. 그럼 자유롭게 터키 문물을 구경하십시오."

L씨의 말이 끝나자 일행들은 제각기 시장안으로 흩어져 들어갔다. 우리 내외도 L형 내외와 같이 그 중 큰 골목을 따라 들어가니 좌·우 양편으로 연이어 서 있는 상점에는 누우런 황금 목걸이와 팔찌 등을 무더기로 진열해 놓고 파는 보석상이 계속되었다. 계속해서 골목을 따라 들어가니 좌·우로 약간 좁은 골목들이 수도없이 갈라지는데 그 골목마다 점포들이 연결 돼 있고, 진열해 놓은 품목들도 카펫, 의류, 완구, 채소, 과일 등 없는 것이 없었다. 혹시 길을 잃을까 싶어 될 수 있는 한 큰 골목을 벗어나지 않으려고 애쓰면서 구경을 하다가 집합시간에 늦을까

싶어 가던 길을 되돌려 나오는데, 장난감 파는 가게 앞에 서 있던 터키인이 "안녕하세요" 하고 인사를 했다. 우리가 웃으며 "반갑습니다" 하니 "대~한~민국" 하고 손벽을 짝·짝·짝 치면서 자기네 가게에 들렸다가라고 잡아끌었다. 가게 안으로 들어가니 우선 차를 권하면서 "월드컵 때 한국팀이 축구를 참 잘하더라"는 말과 "한국 국민들의 응원이 멋있었는데 터키팀을 응원해줘서 고맙다"는 뜻의 말을 손짓, 발짓을 섞어가면서 신이 나서 떠들어댔다. 가게 안을 둘러보니 마땅히 살만한 것도 없어서 손주들에게 선물할 장난감 팔찌 몇 개를 사가지고, 고맙다는 인사말과 함께 가게를 나와 집합장소로 걸음을 재촉했다. 집합장소에는 L씨와 서울에서부터 우리를 인솔해 온 여행사 K양이 기다리고 서 있다가 "먼저 오신 분들이 버스로 가셨으니 버스에 가 기다리시면 우리는 마지막 오시는 분을 모시고 버스로 가겠다"고 해서 주차장에 있는 전용버스를 찾아가니, 벌써 여러 명이 먼저 와서 기다리고 있었다. "아직 4, 5명이 덜 왔다."는 것이다. 그래서 시장을 구경한 이야기, 물건 산 이야기 등 잡담들을 하고 있는데, 건장한 체격의 터키인 한 사람이 가죽제품의 터키식 개똥모자 열아문개를 들고 버스로 올라왔다. 그는 버스 안을 둘러보더니 "안녕하세요, 여기 캡(Cap)한 개 7달러, 오케이, 사세요." 더듬더듬 말하면서 모자를 치켜들어 보이고는 사라고 했다. 그러나 앞자리에 앉았던 L사장이 "7달러 비싸, 6달러 OK" 하고 값을 깎자고 하자 그는 잠시 망설이더니 "오케이" 하면서 좋다고 했다. L사장은 선물용으로 쓰겠다면서 몇 개를 샀다. 그러자 여기저기서 모자를 사서 금방 다 팔리고 마지막 한 개가 남았다. 그는 뒤편에 앉아있는 내게로 오더니 모자를 사라고 내 밀었다. 내가 싫다고 고개를 흔들었더니 나의 귀에다 입을 대고 "4달러 오케이, 오케이?" 하면서 마지막 한 개 남았으니 4달러 만 내라고 속삭이듯 말했다. 마지막 한 개 마저 팔려고 애쓰는 그의 모습도 딱해보였고, 기념 삼아 사는 것도 좋을 것 같아 4 달러를 얼른 꺼내주고 모자를 받아 챙겼다.

후일담이지만 귀국하고 난 후 그 해 겨울이 매우 추웠다. 이 제까지는 겨울에도 모자를 안쓰고 다녔는데, 혈압관계 때문에 모자를 써야할 것 같아 그 때 사온 모자 생각이 나서 찾아내어 쓰고 다녔다. 하루는 다섯 살 난 손녀딸 민주가 나를 보더니 "할아버지! 그 모자를 쓰니까 탐정같아요. 그리고 가죽잠바를 입으니까 명탐정 같아요. 멋있어요." 손녀에게 명탐정같이 멋있 다는 이야기를 듣고 나니 모자값 4달러는 벌써 빼고도 남은 것 같다.

마지막 일행들이 버스에 오르자 우리는 다음 행선지를 향해 출발했다. '그랜드바자르'를 떠나면서 "이곳이야말로 사람들이 살아가는 삶의 체취를 맡을 수 있고, 생동감이 넘치는 곳이 아 닌가?" 하고 생각했다.

보스포러스 해협 유람

'그랜드바자르'를 떠난 우리들은 이스탄불에서의 마지막 일정인 '보스포러스 해협' 유람선을 타기 위해 선착장으로 향했다. 버스가 달리는 동안 L씨는 터키의 생활상 및 풍속에 대해 다음과 같이 말해주었다. "1930년에 터키는 1부 다처제가 폐지되었고, 여성에게는 '차도르'를, 남성에게서는 '터반'을 벗게했으나 보수적인 선동을 고수하려는 계층의 여성들은 시금도 '차도르'를 하고 다니고 있으며 절대로 남자와 눈을 마주치지 않으려 합니다. 그것은 이슬람 율법에 '맨 처음 눈을 마주친 남자가 너의 남편이다'라고 되어 있기 때문이라고 합니다. 그리고 1934년에는 여성에게 이혼의 권리를 부여하고 민사혼民事婚이 도입되었습니다."

그러면서 L씨는 재미있는 이야기를 들려주었다. "여성이 이혼을 하고 다시 개가改嫁를 해서 새 남편과 살고 있는데, 마침 남편이 멀리 출장 중으로 집을 비웠을 때 갑자기 집을 고쳐야 한다든지, 여자 혼자의 힘으로 할 수 없는 일이 생겼을 때는 전前남편에게 도움을 청하고 전 남편은 와서 도와주고 갑니다. 또 전前남편도 재혼을 했을 때에는 현재의 남편과 전前남편 부부가 함께 식사도 하고 자연스럽게 어울리기도 합니다."

L씨의 이야기를 듣는 사이에 버스는 선착장에 도착했고 우리가 승선하자 배는 바로 시동을 걸고 해협의 중심부로 나아갔는데 넓이가 1km 남짓 되어 보이는 해협은 바다라기보다는 '한강'과 같은 강江쯤으로 생각했으나 깊이가 대형선박이 항해할 수 있도록 깊고, 파도가 거칠어 보였다. 이 해협을 경계선으로 하여 서쪽은 유럽대륙에 속하는 이스탄불의 시가지 부분이고 동

쪽은 아시아 대륙에 속하는 이스탄불의 시가지 부분이 된다.

이 2개의 대륙을 연결하는 다리가 해협을 가로질러 건설돼 있었는데 교각이 없고 로프로 다리를 매달아 놓은 사장교였다.

해협을 따라 계속 북쪽으로 올라가게 되면 '흑해'에 도달하게 되는데, 이 곳은 파도가 심하고 거칠어서 고기잡이 나갔던 어부들이 돌아오지 못하고 희생당하는 일이 많아서 "암흑과 같은 바다"라 해서 '흑해'라 부른다고 했다.

또 이 해협을 따라 계속해서 남쪽으로 내려가면 '에개해'를 거쳐 '지중해'에 이르게 되기 때문에 '흑해'에서 '지중해'로 나가든지, '지중해'에서 '흑해'로 가려면 반드시 거쳐야 하는 관문 역할을 하고 있는 곳이었다.

우리를 태운 배는 선수를 북쪽으로 돌려 천천히 해협을 헤쳐 나아갔는데, 해협 양쪽 해안에는 둥근 '돔'과 뾰족한 '첨탑' 모양의 독특한 건축 양식인 모스크들이 그림같이 늘어서 있었으며 고대에서 현대에 이르기까지의 다양한 형태의 주택들이 주위의 숲과 함께 아름다운 조화를 이루고 있었다.

조금 더 나아가니 민요의 고장이라는 '위스크다르' 지구가 나타났는데, 이곳은 오랜 역사를 간직한 구 시가지로서 숲과 어울려 꽤나 운치가 있어 보이는 곳이었다. 6·25전쟁 때 참전해 한국에 와 있던 터키 병사들이 고향생각을 하면서 '위스크다르'의 민요들을 곧잘 불렀는데, 그 때 뜻도 모르면서 "위~스키 달라 소~주 달라 찾아왔더니……" 어쩌구 하면서 흥얼거렸던 기억이 되살아나면서 "아! 그것이 이 곳 민요였구나." 깨닫게 되니, 처음 와 보는 곳 같지 않게 새삼 감회가 새로워진다. 그 곳에서 조금 더 나가니 바다가 넓어지면서 물결이 거칠어지는데, 배는 그 곳에서 U턴을 해 오던 곳으로 되돌아갔다.

선착장 근처까지 와서 이번에는 남쪽을 향해 나아갔다. 그 때 해협위에는 유람선을 비롯해서 많은 배들이 떠 있었는데 그 배들의 선미에는 하나같이 붉은 바탕에 반달과 별 한 개가 그려진 터키 국기를 펄럭이며 달고 있는 것이 퍽 인상 깊었다. 해안에는 보기에도 견고하게 축성된 고성古城의 성벽이 바다를 면하여 이어져있고, 군데군데 성탑이 우뚝우뚝 서 있는 것이 그 옛날 적들을 방어하기 위한 요새지였음을 증명해 주는 것 같아 세월의 덧없음을 새삼 느끼게 했다.

배는 동·서간東西間 대륙을 연결해주는 사장교 밑을 지나 한참 나아가니 두 번째 사장교가 나타났다. 그로부터 조금 더 나아가니 바다가 넓어지면서 파도가 거칠어지는데 역시 그 곳에서 배는 U턴을 해 선착장으로 되돌아오는 것으로 '보스포러스' 해협의 유람은 끝났다. 그러나 가도 가도 아파트뿐인 한강변에 비하여 지울 수 없는 깊은 낭만을 가슴 가득 안아볼 수 있는 여행이었다.

인상깊었던 이스탄불의 밤

한식韓式으로 저녁식사를 마친 후 L씨가 말했다. "이것으로 이스탄불에서의 공식 일정은 전부 마쳤습니다. 그러나 기왕 이 곳에 오신 길에 터키의 유명한 밸리댄스(일명 배꼽춤)를 못보고 가시면 두고두고 후회가 될 수도 있습니다. 그러나 이 행사는 옵션으로 1인당 미화 70달러입니다. 희망하시는 분이 많으시면 특별히 모시고 가겠습니다."

희망자를 조사해보니 거의 전원이 다 가겠다고 해서 버스 운전사에게는 특별히 사례를 하겠다고 양해를 구한 후 전용버스를 타고 공연장으로 향했다. 공연장은 시내 중심가에 있었다. 공연장 안으로 들어서니 200여 평쯤 돼 보이는 실내에 이미 관객들이 자리를 잡고 꽉 들어차 있었다.

우리들의 좌석은 무대 바로 앞쪽에 마련돼 있었는데 야트막한 탁상 주위로 빙 둘러서 의자를 배치해 놓았고 탁상 한쪽에는 자그마한 태극기가 서 있었다.

우리가 자리를 잡고 앉자, 맥주와 음료수 그리고 간단한 술안주를 갖다 주었다. 잠시 후 공연이 시작되었는데 공연시간은 9시부터 자정인 12시까지라고 했다.

이슬람 특유의 호소하는 듯한 가락의 음악이 흐르면서 무대 위로 붉은색, 푸른색, 노란색 등 색색의 라이트가 밝게 비춰지는 가운데 머리와 가슴, 그리고 중요부분만을 그들의 전통적인 장식물과 의상으로 치장하고 배꼽을 드러낸 무희들이 무대로 나와 음악에 맞춰서 춤을 추기 시작했다. 그 후로 음악과 조명이 바뀌면서 여러 가지 민속춤을 추는 것이 1시간여 동안 진행되었다.

그 후 무대 위의 조명이 밝아지면서 중년신사 한 사람이 무대 위로 나왔다. 그는 가수이면서 사회자인듯한데 유창한 영어로 인사말을 하고, 프로그램을 진행해 나갔다.

그가 진행에 대한 소개의 말을 잠깐 하더니 "도이치랜드!" 하고 외쳤다. 그러자 탁상 위에 독일국기가 놓인 곳에 앉았던 관객들이 "와—!" 하고 함성을 지르면서 일어나 손을 흔들어 독일 국민임을 과시했다. 그러자 사회자는 그쪽을 향해 손을 흔들어 환영한다는 뜻을 표시한 후 독일의 민요 두 곡을 불렀는데 도중에 독일관객들이 일어서 함께 합창을 했다. 노래가 끝난 후 사회자는 관객 중 여자 한 사람을 무대 위로 올라오게 해서 무대 한편에 서있도록 했다.

다음에 "프랑스!" 하고 외치니, 혹여 독일 관객에게 질세라. 프랑스 관객들이 함성을 지르며 일어나 손을 흔들었다. 역시 프랑스 민요를 두 곡 합창했다. 바로 다음에 "코리아" 하고 외치는 소리가 들리자 우리 일행은 "와—!" 하고 젖 먹던 힘을 다해서 함성을 지르고 두 팔을 들어 흔들었다. 그런데 한국인은 우리 외에도 2개 팀이 더 있어서 "코리안"이 지르는 함성은 실내가 떠나갈 듯이 요란했다.

사회자는 우리 곁으로 오더니 먼저 "서울의 찬가"를 부르기 시작했다. 우리도 목이 터지라고 따라서 함께 불렀다. 그 다음은 '아리랑'을 불렀는데 그 노래를 따라 부르며 가슴 한쪽이 찡~해오면서 "내가 대한민국의 국민이다. 우리는 하나다!" 하는 자긍심을 새삼스럽게 느끼고 눈가에 이슬이 맺히려고 했다.

연이어서 "잉글랜드!", "이탈리아!", "그리스!", "재팬!", "아메

리칸!", "챠이나!"…… 사회자가 나라 이름을 부를 때마다 그 국가에서 온 관객들은 다른 국가에 질세라 함성을 지르고 합창을 열창했다. 사회자는 국가마다 여자 관객 한 명씩을 불러 올려 무대 뒤에 일렬로 세웠다.

이렇게 진행되는 프로그램이 거의 끝나가면서 시간은 2시간이 훌쩍 흘러 자정이 가까워졌다. 그러자 사회자는 간단한 인사말을 하고 여자들이 일렬로 서 있는 무대 뒤편으로 가더니 그 가운데 서서, 일렬횡대로 서게 한 다음 서로 서로 팔짱을 끼고 피날레를 장식하는 음악에 맞추어 무대 앞으로 함께 걸어 나와서 팔짱을 풀고 일동이 손을 흔들어 관객들에게 고마움을 표시한 후 절을 하는 것으로 그날의 공연은 끝났다.

우리는 그 날 국가 간의 경쟁의식을 가지고 함성을 질렀고, 열창했고, 조국의 존재를 새삼스럽게 느끼면서 세계는 '하나'라는 흥분 속에 이스탄불의 귀중한 밤을 경험한 값진 시간을 가졌던 것이 이번 여행에서 가장 행복한 순간이 아니었나 한다.

멍텅구리들의
　　지화상을 읽고…

멍텅구리들의 자화상

인쇄 2006년 5월 29일, 발행 2006년 6월 10일

지은이 • 이 재 중
펴낸이 • 한 봉 숙
펴낸곳 • 푸른사상사

등록 제2-2876호(등록일자 1999.8.7)
서울시 중구 을지로3가 296-10 장양B/D 701호
대표전화02) 2268-8706 마케팅부02) 2268-8707
팩시밀리02) 2268-8708
메일 prun21c@yahoo.co.kr / prun21c@hanmail.net
홈페이지 //www.prun21c.com

ISBN 89-5640-456-9-03810 ⓒ2006, 이재중

값 11,000원